Dacia Maraini
Drei Frauen

DACIA MARAINI

DREI FRAUEN

ROMAN

Aus dem Italienischen von Ingrid Ickler

folio

23. November

Eigentlich hasse ich Tagebücher, trotzdem habe ich eins und schreibe sogar etwas hinein. Wo zum Teufel soll ich es verstecken? Zum Glück ist meine Mutter nicht neugierig, meine Großmutter allerdings schon, sie steckt ihre Nase überall rein, auch wenn sie mich niemals verraten würde, sie tickt so wie ich. Aber ich möchte nicht, dass sie mein Tagebuch liest, was da drin steht, geht niemand etwas an, also muss ich es verschwinden lassen! Ich habe mit dem Hammer ein Loch in die massive Wand in meinem Zimmer geschlagen und eine Eisenplatte davor befestigt, die man auf- und zuklappen und auch verschließen kann. Dann habe ich ein Bild darüber gehängt, und das war's dann schon. Lesen und Schreiben haben mich schon mein ganzes Leben begleitet, selbst als ich noch ganz klein war und kaum einen Stift halten konnte. Ich wusste, wie wichtig das für meine Mutter war, ihr zuliebe habe ich geschrieben und gemalt, kaum leserliche Worte in krakeliger Schrift, wir haben alle keine schöne Handschrift, bis heute. Schreiben lag in der Familie, eine Art Erbkrankheit, die unglücklicherweise auch mich angesteckt hat, wie eine Virusinfektion. So was gibt's doch, oder? So war es mit meiner Großmutter und danach mit meiner Mutter, und jetzt bin ich dran. Obwohl meine Großmutter, die viele Jahre als Schauspielerin auf der Bühne stand, lieber spricht als schreibt. Deshalb hält sie ihre Gedanken mit einem Diktiergerät mit Kassette fest, eine Art Hörtagebuch. Auch mein Großvater hat vor seinem Tod Gedichte geschrieben und meine Großmutter bestärkt, ihre Gedanken festzuhalten, egal wie. Mein Vater war Sportreporter und hat Artikel für die Zeitung geschrieben, bevor er mit 38 an Leukämie gestorben ist. So hat es jedenfalls meine Mutter erzählt, ich kann mich kaum an ihn erinnern, bei seinem Tod war ich gerade mal drei. Meine Mutter musste danach selbst Geld verdienen, und was lag näher, als ihr Sprachtalent zu nutzen? Sie wurde Übersetzerin. Sie schuftete pausenlos, auch heute noch sitzt sie dreizehn Stunden täglich am Schreibtisch und vergisst dabei manchmal sogar zu essen, so sehr ist sie in ihre Arbeit vertieft, die Wörter saugen sie regelrecht auf. Trotzdem reicht das Geld hinten und vorne nicht. Zum Glück verdient Großmutter noch etwas dazu, sie hat ein Talent, schmerzlos und sanft Spritzen zu setzen, und kann sich vor Patienten kaum retten, sogar über die Grenzen unseres Stadtviertels hinaus.

Lieber François,
    eben gerade hat mich meine Tochter Lori gefragt, warum wir uns schreiben, so viele Jahre schon. Was hättest du ihr geantwortet? Mir kommt diese distanzierte, althergebrachte Form der Kommunikation ganz natürlich vor. Schreiben ist doch etwas Schönes, oder? Die neuen Technologien, von denen es heißt, sie würden das Leben einfacher machen, sind mir zuwider. Sie machen alles nur komplizierter, die Intimi-

tät geht verloren, der Umgang miteinander wird oberflächlicher und zur Pflichterfüllung. Und dann dieses Monster im Alurahmen, das ewige Starren auf einen Computerbildschirm, der sich für allmächtig hält, nach außen blinkend und strahlend, im Inneren ein seelenloses Wirrwarr von Kabeln und Drähten.

Aber Mama, Mails kommen blitzschnell an, in einem Wimpernschlag sind sie da, findest du die Post etwa besser, wo alles Tage dauert?, meinte Lori.

Genau das ist ja das Schöne, das Tiefgründige, das Nachdenkliche, die Langsamkeit der zu Papier gebrachten Worte: ein Privileg in unserer rastlosen, oberflächlichen Zeit. Die Langsamkeit ist der Samen, aus dem Wurzeln entstehen, Pflanzen wachsen und sich Blätter und Blüten entwickeln, die zum Atem der Welt werden. Das war meine Antwort und ich weiß, dass du genauso denkst.

Mama, du fliegst zu hoch, pass auf, dass du dir nicht weh tust, wenn du wieder landest. Wenn ich das so lese, kommst du mir älter vor als Großmutter. Die nutzt mit ihren sechzig die modernen Medien, mailt und chattet am laufenden Band, hat einen PC und ein Smartphone! Nun gut, meine Tochter will eben immer das letzte Wort haben.

Wenn es ihr Freude macht, dann lass sie doch, habe ich geantwortet. Jeder Mensch ist frei und kann tun und lassen, was er will.

Was hat das denn mit Freiheit zu tun, du kriegst eben einfach nichts mit, meinte sie, du verkriechst dich in der Literatur, von der wahren Welt weißt du nichts und hast vielleicht auch noch nie etwas davon gewusst. Aber gehört zur wahren Welt nicht auch, dass man für seine Familie sorgt und Verantwortung übernimmt?, habe ich geantwortet. Da schwieg meine ach so vorlaute Tochter, ich hatte ihren wunden Punkt getroffen. Denn ihr ist klar, dass sie ohne mich kein Dach über dem Kopf hätte, keine Vespa und kein Geld für Schulbücher. Das soll kein Vorwurf sein, ich möchte nur, dass sie sich dessen bewusst wird und dass sie das, was ich tue, wenigstens ein kleines bisschen wertschätzt. Aber sie ist ja noch jung, gerade mal siebzehn. Mit der Zeit wird die Einsicht schon kommen.

Im Moment übersetze ich gerade *Madame Bovary*. Je tiefer ich in den Text eindringe, desto mehr bin ich davon überzeugt, dass die menschlichste Person in diesem Roman tatsächlich Charles Bovary ist, der von Flaubert als naiver und einfach strukturierter Mann beschrieben wird. Und doch ist er der Einzige, der Gefühle zeigen kann, der Einzige, der wegen Emmas Tod leidet, der Einzige, der sie wirklich geliebt hat. Wenn er von Flaubert nicht den Stempel des unbeholfenen Trottels aufgedrückt bekommen hätte und auf jeder Seite lächerlich gemacht würde, wäre er ein Mensch, den man gern haben könnte. Wenn wir uns an Weihnachten sehen, möchte ich dir die übersetzten Seiten gerne vorlesen. Leider klingt der Text auf Italienisch anders, vieles von der subtilen, fast sinnlichen Poesie Flauberts geht verloren.

Ich habe mir die Fotos unserer letzten Ägyptenreise angesehen, kurz vor dem Ausbruch des arabischen Frühlings. Man konnte damals schon erahnen, dass etwas in der Luft lag, du hast ihn sofort gespürt, diesen Duft der Freiheit, und verstanden, dass etwas Revolutionäres bevorstand. Schade,

dass es so ausgegangen ist. Erinnerst du dich an den Abend auf dem Nil, wir aßen im Schiffsrestaurant mit deinen Freunden zu Abend, deine Augen strahlten vor Freude. Ich mag es, wenn du glücklich bist, dann bin auch ich glücklich. Das nachtschwarze Wasser des Stroms floss ruhig dahin, die Lichter der Stadt reflektierten auf der Oberfläche und du zitiertest ein Gedicht von Baudelaire. Ich erinnere mich noch an die ersten Zeilen, die sich unauslöschlich in mein Gedächtnis gebrannt hatten: *Sous une lumière blafarde / Court danse et se tord sans raison. / La vie, imprudente et criarde.**
Wir haben aus der Ferne Stimmen gehört und du meintest, dass genau in diesem Moment großartige Dinge geschehen würden, viele junge Menschen sind auf der Suche nach Freiheit und niemand kann sie aufhalten, erinnerst du dich? Aber sie wurden leider doch aufgehalten, und zwar endgültig. Ist das Freiheitsgefühl in der Kultur verankert oder ist es jedem Menschen angeboren?, habe ich dich damals gefragt und deine Antwort lautete: Selbst ein Vogel im Käfig weiß, was Freiheit ist, auch wenn er sie nicht erklären kann.

Heute Nacht habe ich geträumt, dass du mich angerufen und gesagt hast, du könntest nicht schlafen, weil dir ein Vogel mit dem Schnabel in die Leber pickt. Wie bei Prometheus?, habe ich ganz naiv gefragt, ich lese einfach zu viel. Und du, der ebenso viel liest wie ich, meintest, dass Prometheus auf

---

* *Unter blassem lichte schwärmend, / Tanzt und stürzet ohne grund, / Sich das leben schamlos lärmend .. / Doch sobald am himmelsrund* (übersetzt von Stefan George)

Griechisch *der Vorausdenkende* bedeutet. Aber hätte er dann den Göttern das Feuer gestohlen? Ich frage mich, wie viele Menschen erst überlegen, bevor sie handeln. Du zum Beispiel gehörst meiner Meinung nach nicht dazu. Während du handelst, vielleicht schon. Ist das ein Reflex oder ein Wink des Unterbewussten? Es hat gewiss nicht nur Vorteile, wenn man erst nachdenkt, bevor man aktiv wird. Nachdenken führt zu Zweifeln, man wägt ab, verschiebt, verzichtet vielleicht sogar. Das hat Vor-, aber auch Nachteile, Erfolg oder Misserfolg hängt vom Resultat ab. Wenn man wie du während der Handlung nachdenkt, wird das Überlegen als bewusstes Instrument eingesetzt, nicht als Mechanismus des Zweifels. Und jetzt höre ich deine Stimme, die sagt: Woher willst du das wissen? François, ich liebe deine Stimme, sie ist einzigartig, ich würde sie aus Tausenden heraushören. Sie ist wohlklingend, vielleicht etwas oberflächlich, aber dann, wenn man genauer hinhört, erkennt man das Timbre, das aus der Tiefe kommt, sich fächerförmig ausbreitet und zu einer faszinierenden Melodie erblüht. Du hättest auch Schauspieler werden können, ein richtig erfolgreicher sogar, das meine ich ernst. Deine Stimme ist vertrauenserweckend und lebendig zugleich, imstande, Wichtiges gelassen klingen zu lassen. Du hättest auch Philosoph oder Psychiater werden können. Mit dieser Stimme wärst du sogar in der Lage, einen Amokläufer zu beruhigen. Aber stattdessen hast du dich für Wirtschaft und Finanzen entschieden und beschäftigst dich mit Zahlen. Ich weiß, dass dich deine Kollegen für einen etwas durchgeknallten Träumer halten, der intellektuell anspruchsvolle Bücher liest und sinnlose romantische Gedichte schreibt. Aber tatsächlich bist du ein Gefangener dieser geistlosen Gesellschaft, und deine freien Tage sind begrenzt.

Als ich vor Kurzem einen deiner Briefe las, habe ich deine Stimme klar und deutlich hören können, deine Stimme, die mich auch heute noch erzittern lässt. Wenn ich nur an deine Rezitationen von Rimbaud, Baudelaire und Verlaine denke. Du springst mitten in die Poesie hinein, wie meine Tochter Lori immer sagt, und tauchst triefnass und zufrieden wieder auf. Dabei kommen mir die Erinnerungen eines Überlebenden der Vernichtungslager der Nazis in den Sinn, die ich vor einigen Jahren übersetzt habe.

Nach einem furchtbar langen, kräftezehrenden Arbeitstag traf er sich mit einigen Gleichgesinnten an dem einzigen Ort, an dem sie vor den Nazis sicher waren: in der Latrine. Dort stank es bestialisch, der Boden war mit Blut und Urin getränkt, ein Ort des Grauens. Die SS-Offiziere hatten Angst, dass ihre glänzenden Stiefel und Uniformen beschmutzt werden könnten. Und deshalb trafen sich die Verzweifelten genau dort und trugen Gedichte vor, die sie als Kinder gelernt hatten. Es klang wie Singen, ein stiller Gesang, ein rhythmisches Flüstern, das man außerhalb der Latrine nicht hören konnte. Das gab ihnen die Kraft weiterzumachen, verstehst du? Es war wie ein Wunder. Gedichte hatten die Kraft, an diesem Ort des Todes und der Qualen das Überleben zu sichern.

Das hat mich tief beeindruckt und ich glaube verstanden zu haben, welche Kraft Worte haben können. Poesie als Überlebensstrategie.

In Liebe, deine Maria

26. November

Heute Morgen war ich bei Mario, der hochkonzentriert auf dem Schemel saß und mir die elektrischen Nadeln in den Rücken bohrte. Er hat Augen wie ein Huhn, goldgelb und kalt, an seinen Nasenlöchern hingen Tropfen, in der Hand hielt er die Tätowiermaschine, die nach und nach das Bild vollendete: ein rot-schwarzer, geflügelter Drache, aus dessen Maul Flammen zucken und aus dessen Nüstern Rauch quillt, genau wie ich es wollte. Mario beißt sich bei der Arbeit auf die Lippen, er knirscht mit den Zähnen, sein Atem riecht nach Tabak und Kaffee. Mit ihm würde ich nicht mal ins Bett gehen, wenn er der einzige Mann auf Erden wäre. Aber er ist ein genialer Tätowierer, der beste weit und breit. Warum ein Drache?, hatte er mich mit seiner piepsigen Stimme gefragt. Warum nicht? Tut es weh? Ein bisschen. Ich wollte gegenüber dem Drachen auf meiner Haut keine Schwäche zeigen. Ich konnte den beißenden Rauch aus seinen Nüstern spüren, das reichte. Schmerzen? Scheißegal!

11 Uhr
Mit dem frisch tätowierten Drachen auf dem Rücken schleppte ich mich zu Tulù, um mich verarzten zu lassen.

Ich hatte mich von einem gutaussehenden Typen ablenken lassen, war mit der Vespa in ein Schlagloch gefahren und dann zehn Meter durch die Luft geflogen. Das war kein Loch im Asphalt, das muss ein Abgrund gewesen sein, meinte Tulù und lachte, als ich ihm davon erzählte. So ein Arsch. Ich musste drei Mal klingeln, bevor er sich bequemte, zur Tür zu gehen, die Klinke herunterzudrücken und vorsichtig durch den Spalt zu blicken, um festzustellen, wer da ist. Vielleicht die Polizei? Ich bin's, mach auf! Ach du bist es, Lori, komm rein. Was hast du denn gemacht, du bist ja ganz rot … Er streifte mir den Pulli ab und erstarrte. Wer war das denn? Mario, der Magier, antwortete ich, erinnerst du dich, der aus der Bar am Tennisplatz, er hat mir Rabatt gegeben. Gefällt er dir? Er sieht total lebendig aus, wie ein echter Drache. Wie er faucht! Wem willst du damit Angst machen? Jedem, der mich von hinten überfallen will, was meinst du? Gute Idee! Das feiern wir! Was hältst du von Sex? Na gut, aber erst brauche ich einen Kaffee, du auch? Ich hatte schon drei, egal, ich trinke auch einen vierten. Mir gefällt es, Tulù dabei zu beobachten, wie er in der Küche herumwerkelt, die eigentlich gar keine richtige Küche ist, sondern ein Abstellraum, in dem es nicht einmal einen Tisch gibt, wo man etwas hinstellen kann. Deshalb hat er immer die Tür zum Balkon offen, auf dem eine auf den Kopf gestellte Schublade steht, die als Ablage dient. Der Kaffee ist …, na ja, sage ich und er lacht. Tulù ist nett, ein bisschen verklemmt, und im Bett ist er ungeschickt, dafür hat er einen echten Knackarsch ohne Haare. Oma Gesuina beurteilt den Charakter eines Menschen nach seinem Hintern, sie muss es wissen, denn sie setzt Spritzen, um Geld zu verdienen, und sieht dabei eine ganze Menge Hinterteile. Sobald sich ihre Patienten ausziehen, weiß sie Bescheid. Spitz- und Rundärsche, behaart oder rosig wie ein Schweinchen, mit Gänsehaut, glatt oder faltig wie ein Truthahnhals. Gesuina sagt, die Hinterteile sprechen zu ihr und sie versteht, was sie sagen. Tulùs Hintern ist ein Traum, knackig und prall wie ein Apfel, am liebsten würde man hineinbeißen. Aber er zeigt sich nicht gerne nackt und zieht die Unterhose immer erst im allerletzten Moment aus, davor knöpft er langsam und vorsichtig das Hemd auf, streift es ab und hängt es über den Stuhlrücken, dann zieht er die Hose aus, faltet sie zusammen und legt sie sorgfältig auf den Stuhl, keine Hektik, die Schuhe glänzen und stehen exakt nebeneinander, sie sehen aus wie neu, der Schlafanzug ist gebügelt und bis oben zugeknöpft, wie eben, als ich kam. Es ist elf und du liegst noch im Bett? Gestern war es spät, Lori, ich hatte keine Lust auf Schule. Ich auch nicht. Und was hast du deiner Mutter gesagt? Nichts, sie hört mir ohnehin nicht zu. Sie hat ja gesehen, wie ich meine Jacke und den Rucksack genommen habe, das reicht ihr schon, sie käme gar nicht auf die Idee, dass ich die Schule schwänzen oder einen Termin mit Mario, dem Magier, haben könnte, um mir einen Drachen auf den Rücken tätowieren zu lassen. Meine Mutter ist gutgläubig, wer weiß, was sie denkt. Wenn ich einen Job hätte und nicht von ihr abhängig wäre, würde ich keinen Moment länger mit ihr und meiner Großmutter unter einem Dach wohnen bleiben, sie gehen mir auf die Nerven. War deine Großmutter nicht Schauspielerin? Ja, aber jetzt nicht mehr, jetzt setzt sie Spritzen. Schluss mit dem Theater? Wer will denn eine alte Frau von sechzig auf der Bühne? Na ja, sechzig ist ja noch nicht alt, meine Mutter ist auch sechzig, aber sie zieht sich jugendlich an und die Männer finden sie noch immer attraktiv. Deine Mutter ist deine Mutter und meine Großmutter ist meine Großmutter. Auch wenn sie immer noch vorzeigbar ist, in Wahrheit hat man sie rausgeworfen, weil sie Proben geschwänzt und ihren Kollegen oder den Technikern den Kopf verdreht hat und auch noch hinter den Kulissen mit ihnen rumgeschmust hat. Wenn sie sich zurechtgemacht hat, sieht sie zwanzig Jahre jünger aus, und wenn sie nicht so verdammt neugierig wie ein Affe und so hinterhältig wie ein Fuchs wäre, könnte es echt nett mit ihr sein, sie kann tolle Geschichten erzählen und ist richtig clever.

17 Uhr

Wir haben Kaffee getrunken und miteinander geschlafen, aber nur halbherzig, irgendwie hatte Tulù keine rechte Lust, in der Schule sagen sie, er würde auf Jungs stehen, wer weiß. Aber ich glaube, er hat einfach Angst, die Kontrolle zu verlieren, und deshalb ist er so verklemmt, schwul kommt er mir nicht vor. Ein komischer Typ. Beim Sex macht er die Augen zu, schweigt und bewegt sich wie ein Automat. Manchmal wirkt er wie ein Neugeborener, der noch gestillt wird, ich mag seinen Geruch, der an Ricotta und Kamille erinnert, deshalb schließe ich die Augen und wiege ihn in meinen Armen: *Hash-a-bye my baby / on the tree top / when the wind blows / the cradle will rock ...* ein Schlaflied, das mir meine

Großmutter früher immer vorgesungen hat, sie spricht gut Englisch, manchmal unterhalten wir uns sogar auf Englisch und sie bringt mir neue Wörter bei, sie spricht auch Französisch, sie kann einfach alles, ein wahres Energiebündel, keine Ahnung, wie sie eine so geistesabwesende Person wie meine Mutter zur Welt bringen konnte.

20 Uhr

Wir sitzen gut gelaunt auf dem Balkon und essen Kekse, die nach Moder schmecken. Von hier aus blickt man auf andere Balkone, die von Pflanzen überwuchert sind, zum Glück taucht dort nie jemand auf. Aber sag mal, bei dir muss doch sonst immer alles perfekt sein, könntest du nicht mal neue Kekse kaufen, die sind doch uralt! Tulù lacht, wenn er nicht so starke, strahlend weiße Zähne hätte, würde mir sein Lachen auf die Nerven gehen. Ein richtiges Haifischgebiss. Der arme Tulù, so viel Verwandtschaft, aber so wenig Fantasie, nicht, dass er dumm wäre, nur verschlossen, verschlossen wie ein Igel, wenn du ihm zu nahe kommst, rollt er sich zusammen und fährt die Stacheln aus. Kurz bevor er gekommen ist, hat er ihn rausgezogen, damit ich nicht schwanger werde, hat ein Küchenkrepp genommen und seinen Samen von meinem Bauch abgewischt, dann hat er es zweimal zusammengefaltet und unter dem Aschenbecher auf der Kommode versteckt. Was dieser Aschenbecher da soll? Keine Ahnung, er raucht ja nicht, vielleicht findet er ihn schön, innen steht in weißer Schrift *Willkommen auf Capri* auf tiefblauem Grund mit einem auf den Wellen schaukelnden Fischerboot.

22 Uhr

Ich hatte mir eigentlich ein Fischerboot-Tattoo gewünscht, ich liebe das Meer und die hohen Wellen bei stürmischer See, aber als ich das Drachenmotiv auf einem Luftballon gesehen habe, der im Wind tanzte, habe ich es mir anders überlegt, lieber einen Drachen! Drachen sind Fabeltiere, die leben nur in der Fantasie, meinte Tulù, die gibt es in Wirklichkeit nicht. Nein. Woher kommen sie denn dann? Aus meinem Kopf, in deinem ist dafür kein Platz, dort gibt es nur auf die Sekunde genau gehende Uhren, ordentlich aufgeräumte Regale mit schön gebundenen Büchern, die niemand liest und Aschenbecher, die dich an Orte erinnern, an denen du nie gewesen bist.

23 Uhr

Sex am Morgen ist nicht mein Ding, man hat immer diesen abgestandenen Geschmack im Mund und die Haare riechen nach verschwitztem Kopfkissen, aber was sollen zwei Menschen, die sich seit Jahren kennen, zusammen zur Schule gehen und keine Geheimnisse voreinander haben, an einem Tag machen, der öd und langweilig zu werden verspricht? Sie schlafen miteinander, das ist eben so und fertig, besser als gar nichts zu tun, dann trinkt man einen Kaffee und geht unter die Dusche. Tulù wickelt sich ein Handtuch um die Hüften und löffelt ein Joghurt, Magerstufe natürlich, er achtet auf seine Linie und kauft alles im Bioladen, meine Großmutter nennt solche Geschäfte Apotheken, weil man dort für eine krumme Karotte drei Euro zahlt, unglaublich, aber wahr.

2. Dezember

16 Uhr

Komm schon, hallo … eins, zwei, eins, zwei, drei … check … läufst du endlich, du blöde Kiste? Eins, zwei, eins, zwei, hallo, hallo, hallo? Noch kleiner dürftest du wirklich nicht sein. Ich habe dich gekauft, weil du handlich ausgesehen hast und man dich in die Tasche stecken kann, und wenn mir danach ist, dann schalte ich dich an, aber Stress machen sollst du mir nicht. Was ist denn da los? Kein Saft mehr? Ah, endlich, das dauert ja ewig, du lässt dir ganz schön Zeit, mein lieber Recorder! Also, bereit? Was für ein Scheißtag! Ich habe schlecht geschlafen und bin spät aufgestanden. Dann bin ich zum Bäcker gegangen, um mir ein ofenfrisches Cornetto zu kaufen, der Laden war voll und ich musste warten. Simone stand hinter der Theke, gestresst, außer Atem und verschwitzt, kein Wunder bei dem Andrang. Brot aus dem Regal nehmen, einwickeln, kassieren, und das Ganze wieder von vorn. Als er mich erkannte, lächelte er, aber sein Lächeln wirkte müde und erschöpft. Heute scheinen es alle eilig zu haben, schnell ein Brot und nichts wie weg. Ich könnte es den ganzen Tag hier aushalten, den köstlichen Duft in der Nase, und den flinken und geschickten

Bewegungen von Simone zuschauen, seine muskulösen Arme bewundern, seinen schweißglänzenden Hals, seine lockigen Haare, die ihm in die Stirn fallen, seine kraftvollen schönen Hände, die fast sinnlich über die Brotlaibe streichen, seine vollen Lippen, seine großen Augen. Was machst du immer so lange bei diesem Bäcker?, fragt mich meine vorwitzige Enkelin Lori provokant. Ich mag ihn halt, was ist schon dabei? Lori spekuliert gerne, sieht in allem einen Skandal, aber ich lasse sie machen, sie ist wie eine Stechmücke, schwirrt immer um dich herum und sticht irgendwann zu. Aber ich lasse sie schwirren. Eine kleine Blutsaugerin, um es auf den Punkt zu bringen, aber sie mag mich, das weiß ich, wir verstehen uns. Sie ist so ganz anders als ihre zerstreute Mutter. Maria ist zerbrechlich wie ein rohes Ei. Sobald man sie berührt, ist sie verletzt. Aber sie hat auch die Perfektion eines Eies, die makellos glatte Schale. Doch wenn man nicht aufpasst, rollt es über die Tischkante, fällt auf den Boden und zerbricht.

Meine Enkelin ist tolerant und meine Komplizin. Neulich habe ich den Bäcker zu mir eingeladen, unter dem Vorwand, mir den schweren Zwei-Kilo-Laib in die Wohnung zu liefern. Ich habe ihn reingelassen und dann, hinter der Küchentür, haben wir uns flüchtig geküsst, einfach so, im Vorübergehen. Lori hat uns dabei beobachtet. Meistens lächelt sie wissend und schweigt. Diesmal nicht: Der Typ ist in meinem Alter, du könntest seine Großmutter sein! Wenn er mich attraktiv findet und ich ihn, was sollen wir da machen? Es klingt, als wollte ich mich rechtfertigen, aber habe ich das nötig? Die Liebe ist frei und kennt kein Alter, egal mit wem, man schwitzt, atmet schneller, spürt Wärme und Erregung, all das ist Teil des Liebesspiels. Ich hätte selbstsicherer reagieren und mich nicht von Loris provokativer Unverschämtheit beeindrucken lassen sollen.

Dann kam Maria dazu, mit Einkaufstüten beladen. Der Bäcker war verlegen, ich auch, aber Maria zeigte keinerlei Reaktion. Es wäre ihr wahrscheinlich selbst dann nicht aufgefallen, wenn Simone und ich nackt gewesen wären. Sie interessiert sich nur für ihre Arbeit, Bücher sind ihr Ein und Alles. Für alles andere ist sie blind. Maria passt einfach nicht in diese Welt, ist fehl am Platz wie eine Rose im Winter. Aber ohne ihre Übersetzungen könnten wir uns finanziell nicht über Wasser halten, das muss man ehrlich sagen, auch wenn ihre Arbeit schlecht bezahlt wird. Zum Glück hat sie endlich einen seriösen Verleger gefunden, der pünktlich ihr Honorar überweist. Wenn ich an die anderen Ausbeuter denke, die sie nur ausgenutzt haben und sie sechs Monate hingehalten haben, bis sie schließlich mit dem Geld rausrückten. Und wir? Hatten Schulden in der Drogerie, beim Gemüsehändler, beim Fischhändler, alle schauten uns schräg an. Und wie soll das erst werden, wenn die kleinen Läden zumachen und alle Andreas, Matteos und Giorgios verschwinden, bei denen ich auf Pump etwas kaufen kann? Die Supermärkte schießen wie Pilze aus dem Boden, dort gibt's keinen Kredit, da brauchst du Bares. Zum Glück habe ich einen guten Ruf als Krankenschwester. Eine Schauspielerin als Krankenschwester? Lächerlich, wie meine Enkelin sagt. Aber in all den Jahren auf der Bühne habe ich mehr gelernt als nur Theaterrollen zu spielen, ich habe dabei auch für das Leben gelernt, wie man sich fühlt, wenn man krank ist, und wie man Spritzen setzt, um Kranken zu helfen. Was ist daran komisch? Tief in mir drin bin ich eigentlich Ärztin, kranke Körper interessieren mich, ich suche nach der Ursache für den Schmerz und denke über eine alternative Behandlungsmethode nach. Ich hätte Medizin studieren sollen, statt auf die Schauspielschule zu gehen, aber meine Mutter war dagegen und auch alle anderen meinten, ich sei die geborene Schauspielerin. Das sehe ich anders, ich bin die geborene Ärztin, allerdings ohne Medizinstudium. Für Injektionen habe ich ein magisches Händchen, das darf ich mit Stolz sagen. Und ich kann den Charakter von Menschen an ihrem Hintern erkennen, das habe ich meiner Enkelin erklärt. Sogar, ob sie sofort zahlen oder nicht. Und den Ärschen, die nicht zahlen, bin ich versucht einen blauen Fleck zu verpassen, aber das mache ich nicht. Berufsehre. Schließlich muss ich meinen Ruf als Königin der Spritze verteidigen. Ich teile den Po mit einem imaginären Stift in vier Teile, massiere die gewählte Einstichstelle mit zwei Fingern, ziehe den Kolben der Spritze langsam zurück, treffe alle weiteren Vorkehrungen und injiziere schließlich das Medikament in den Gesäßmuskel. Wenn ich den mit Alkohol getränkten Wattebausch auf die Einstichstelle drücke, höre ich meine Patienten sagen: Wie, schon fertig? Ja, haben Sie nichts gespürt? Nein, überhaupt nichts. Und ich frohlocke, denn dieser Hintern wird mit anderen sprechen und dann stehen nach und nach alle Hintern des Viertels Schlange, um von mir gespritzt zu werden.

Meine Enkelin hat sich einen Drachen auf den Rücken tätowieren lassen. Großmutter, schau mal, hat sie gesagt und den

Pulli hochgehoben. Ein riesiger Drache, ein Prachtexemplar, mit schimmerndem Schuppenpanzer, stolz nach oben gerecktem Kopf, einem violetten Kamm und weit aufgerissenem Maul, aus dem Flammen züngeln. So was könnte ich nicht machen, auch wenn ich mit der Nadel wirklich geschickt bin. Eine Spritze zu setzen ist etwas ganz anderes als ein Tattoo zu stechen. Aber trotzdem gibt es eine Gemeinsamkeit: die Nadel. Es geht darum, Flüssigkeit in einen Körper zu injizieren. Allerdings mit dem Unterschied, dass die eine Flüssigkeit eine Krankheit heilen soll, während mit der anderen ein Traum auf der Haut verewigt werden soll. Im ersten Fall wandert sie in die Vene, im zweiten unter die Haut. Trotzdem sind Injizieren und Tätowieren irgendwie verwandt, vielleicht entfernte Cousinen, könnte man sagen.

Ich habe im Internet einen jungen Mann kennengelernt. Er hat behauptet, er sei dreißig, aber wer weiß, im Netz lügt ja jeder. Auch ich habe nicht die Wahrheit gesagt, ich habe geschrieben, ich sei vierzig. Um zwanzig Jahre geschummelt. Das macht man eben so. Vielleicht macht es gerade den Reiz aus, sich hinter verschiedenen Masken zu verstecken. Auch wenn Pirandello sagt, dass sich hinter jeder gelüfteten Maske eine weitere befindet. Ich habe Hunderte und Spaß daran, sie nach Bedarf zu wechseln. Und ich spiele leidenschaftlich gern, ich liebe den Nervenkitzel, das Risiko, auf Rot oder Schwarz zu setzen und abzuwarten, ob ich gewinne oder verliere.

Verlieren macht mir nichts aus, mir gefällt, was vorher passiert, das Warten in Ungewissheit, das Balancieren auf einem Seil über dem Abgrund: Werde ich kopfüber in die Tiefe stürzen oder aber einen Haufen Goldmünzen gewinnen? Ich spreche nicht von Glücksspiel, sondern vom Liebesroulette. Ich drehe gerne am Rad und oft verliere ich. Aber manchmal gewinne ich auch.

Auch im Theater wird gewonnen und verloren, aber meist bleibt dort alles in der Schwebe, im Nebel des Ungewissen. Am meisten gefallen mir die Krankheiten, die das Theater in sich trägt: die Einsamkeit, das Heute-hier-und-morgen-dort-Sein, die Konfrontation mit immer neuen Menschen und die ewige Fiktion. Alles Krankheiten, die auf deinen Geist wirken, die enthusiastisch oder depressiv und melancholisch stimmen. Manchmal möchte man am liebsten sterben. Lori meint, dass sie mich rausgeworfen haben, weil ich die Regeln missachtet, weil ich mit anderen Schauspielern rumgemacht habe, sie versteht eben nichts vom Spiel der Liebe. Irgendwie muss man sich doch die Zeit vertreiben, ich will mich doch nicht langweilen. Ein Mann bekommt auch mit achtzig noch Applaus vom Publikum, selbst wenn er sich kaum noch auf den Beinen halten kann, eine Frau dagegen wird entsorgt: Wer will schon eine schrumpelige Alte auf der Bühne sehen? Ich sehe auch mit sechzig noch fantastisch aus, von wegen verschrumpelt! Willst du mal einen Blick auf meine Beine werfen? Aber das nutzt alles nichts, im Theater wirst du mit sechzig behandelt als wärst du hundert. Nur wenn es um die Rolle einer Hundertjährigen geht, bist du für sie interessant. Vielleicht. Aber Rollen für Hundertjährige sind selten. Höchstens als Komparsin. Aber eine Hauptrolle? Ein Ding der Unmöglichkeit, sowas gab es in der Theatergeschichte noch nie. Also weg mit dir, deine welke Haut können wir hier nicht brauchen!

Und deshalb lasse ich mich fürs Spritzengeben bezahlen. Immer noch besser, als sich die Kugel zu geben. Ach Quatsch, irgendwie ist das Ganze sogar witzig. Ich konzentriere mich auf die Geografie der Hinterteile und betrachte sie als Sternenkonstellationen: Kassiopeia, der Große Wagen, der Kleine Wagen, der Polarstern, es gibt Leute, die haben eine ganze Landkarte auf den Pobacken, Furunkel, die aussehen wie kleine Vulkane kurz vor dem Ausbruch, und tiefe Falten im Speck, die ausgetrockneten Flussläufen ähneln. Ich habe Spaß daran, über Ärsche zu sprechen, besonders mit meiner Enkelin, sie ist die Einzige, die mir zuhört. Meine Tochter ist viel zu verklemmt. Sie wechselt bereits die Gesichtsfarbe, wenn ich das Wort „Arsch" nur ausspreche. Jemand, der so viel liest, regt sich auf, wenn man etwas Obszönes sagt, aber was ist am Wort „Arsch" schon obszön? Wie soll man einen Arsch sonst nennen? Arsch eben. Ich suche ja auch keinen anderen Namen für einen Topf, nur weil das Wort zu bieder klingt. Wenn ich im Haushaltswarenladen eine Pfanne suche, dann frage ich ja auch nicht nach *einem runden Gegenstand aus Eisen*. Das wäre lächerlich, oder? Die würden mich für verrückt halten. Oder nehmen wir den Hammer. Sollte ich den etwa „Werkzeug mit Kopf aus Eisen und Holzstiel" nennen? So ein Quatsch!

Man könnte natürlich auch den Begriff *Gesäß* benutzen, würde meine prüde Tochter Maria sagen, aber dieses Wort ist viel zu angezogen, da fehlt die Nacktheit, mit der sich der Arsch der Nadel entgegenstreckt, die ihm mit sicherer Hand ins Fleisch gesteckt wird. Der Arsch bleibt der Arsch, gegen dieses Wort ist nichts zu sagen, selbst Kinder benutzen es gerne. Obwohl sich manche Mutter damit schwertut und lieber Popöchen sagt. Maria ist wirklich überempfindlich und zu allem Überfluss in diesen geschniegelten Franzosen verliebt, diesen Banker mit den großen Händen und den kleinen Füßen, mit dem sie im Urlaub in aller Welt unterwegs ist. Im vergangenen Jahr waren sie in Ägypten und sind fast von einem Haufen wütender junger Leute verprügelt worden. Im Jahr davor waren sie in Indien, in Kalkutta und Benares. Maria hat Unmengen Fotos gemacht, ehrlich gesagt, ziemlich banale, aber mit einem richtigen Fotoapparat aufgenommen, kein Handy, keine Selfies. Die beiden mögen keinen technologischen Schnickschnack. Aber sie fliegen. Und ich wette, ihre Hotels haben sie im Internet gebucht. Oder vielleicht auch nicht. Den beiden wäre durchaus zuzutrauen, in Benares anzukommen, in einem schäbigen B&B zu landen, das schon von Weitem nach Scheiße stinkt, und wo einem alles unterm Arsch weg geklaut wird, wenn man sich nur einmal umdreht.

15. Dezember

Liebster François,
    meine Mutter hat die Wohnung verlassen und dabei in ihr Diktiergerät gesprochen, oder besser gesagt, geflüstert. Auch Lori ist nicht da, sie hat beim Hinausgehen wie üblich die Türen geknallt, ich bin vor Schreck zusammengezuckt. Was will sie mir mit diesem Abgang sagen? Dass sie es in dieser Bude nicht mehr aushält, in der Armut, in der wir leben, mit der hyperaktiven Großmutter, mit mir, die tagein, tagaus Bücher übersetzt, ich weiß, ich bin keine gute Hausfrau und vielleicht auch keine gute Mutter. Das kann sie mir natürlich auch ins Gesicht sagen, aber dieses Türschlagen ist effektiver, eine direktere Sprache, die wie ein Blitz durch die Ohren direkt in mein Gehirn dringt.
    Ich muss dabei an Madame Chauchat denken, erinnerst du dich? *Der Zauberberg*? Die Frau, die immer zu spät in den Speisesaal des Sanatoriums kommt und hinter sich die Tür so heftig zuschlägt, dass alle Anwesenden den Kopf heben und bemerken, wie sie durch die Tischreihen schreitet? Diese attraktive, stets elegant gekleidete junge Frau. Und der verliebte Hans Castorp, der eine Röntgenaufnahme ihrer kranken Lunge in der Tasche hat und sie im Geheimen küsst, erinnerst du

dich? Die Erinnerungen einer leidenschaftlichen Leserin, wie mir, mischen sich mit der Realität, das ist komisch, oder? Sie verflechten und verweben sich in meinem Gehirn, als hätte ich sie selbst erlebt, ich habe diesen Knall der Speisesaaltür im Ohr, er gehört nicht nur zu Madame Chauchat, sondern auch zu mir. Ist das ein Vorteil oder verwirrt es nur meine Sinne? Ich frage dich das als genauso leidenschaftlichen Leser, aber eigentlich zählt die Antwort nicht, du kannst nicht objektiv sein. Aber gibt es die Objektivität überhaupt, mein Schatz? Ich würde sagen nein, jeder sieht das, was er sehen will, aus seinem subjektiven Blickwinkel. Das ist dann seine „Objektivität".

Ich bin allein zu Hause. Es gefällt mir, in der Stille meines Zimmers zu sitzen, in dem ich nachts auch schlafe. Ich hätte gerne ein Büro mit all meinen Büchern um mich herum, aber dazu haben wir nicht genug Platz. Jede von uns dreien hat ein Zimmer, das war's. Ein gemeinsames Bad, eine gemeinsame Küche. Zum Arbeiten muss ich mich an das Tischchen setzen, das ich zwischen Bett und Fenster geklemmt habe, direkt neben dem kleinen Sofa an der Wand. Zum Glück ist das Bad direkt nebenan und ich kann es benutzen, wann immer ich will, es sei denn, Lori hat sich dort eingeschlossen, um eine ihrer stinkenden Zigaretten zu rauchen.

Lieber François, ich bin gerne mit dir allein, auch auf diesem Blatt Papier, das langsam zu dir nach Lille flattert. Ich vermisse dich und deine wunderbar raue Stimme und küsse dich in meinen Gedanken. Aber jetzt muss ich Schluss machen, die Arbeit ruft.

Auf hoffentlich bald.

Mit zärtlicher Umarmung, deine Maria

16. Dezember

Ich komme nach Hause und sehe, dass meine Mutter einen Brief schreibt. Nicht etwa auf dem Computer, nein, meine wunderbare Mutter sitzt in ihren Schlabberhosen und dem ausgeleierten Pulli auf ihrem ergonomischen Drehstuhl und schreibt ihn mit der Hand! Und: Meine Damen und Herren, das müssten Sie sehen! Sie schreibt nicht etwa mit einem Kugelschreiber, sondern mit einem echten Füller, ein Erbstück aus einer anderen Welt, der immer wieder mit dieser schwarzen Flüssigkeit aufgefüllt werden muss. Man muss höllisch aufpassen, das Papier nicht zu verschmieren. Das nimmt sie in Kauf, so ist sie eben, meine ewiggestrige Mutter. An wen schreibst du? Meine Frage ist eher rhetorisch. Ich weiß sowieso, dass der Brief für diesen lächerlichen Franzosen ist, der hin und wieder anruft und sie *mon amour* nennt, sie schreiben sich schon seit Jahren und sehen sich nur alle drei bis vier Monate, wenn er Urlaub hat. Er wohnt und arbeitet in Lille, die beiden mieten sich in den Ferien ein Auto und gondeln durch die Gegend. Händchen haltend besuchen sie die Ruinen des antiken Agrigent, die römischen Tempel in Pompei oder die Kanäle in Venedig, ich habe die Fotos gesehen, die sie versteckt hat. Das geht nur mich etwas an, murmelte sie verlegen, aber wem willst du was vormachen, Mama, du bist verliebt, du und dein Franzose mit eurem lächerlichen Getue. Irgendwann, als du nicht da warst, haben Großmutter und ich die Fotos angeschaut und uns halb totgelacht: zwei Vierzigjährige, die am Gargano ins Meer springen, nebeneinander herschwimmen und sich danach auf einem Felsen küssen, der nur für sie aus dem Wasser aufgetaucht zu sein scheint ... wie in einer Nachmittagssoap. Zu Hause gibt's für dich ohnehin nur Bücher, Bücher und immer wieder Bücher, wir sind eine einzige Bibliothek: Klassiker und die moderne Literatur, für jeden Geschmack ist etwas dabei. Meine ach so intellektuelle Mutter steckt ihre Nase ständig in ein Buch, wie ein Tapir seinen Rüssel bei der Nahrungssuche. Und wie es aussieht, teilt François aus Lille diese Leidenschaft mit ihr, denn wenn sie in den Urlaub aufbrechen, haben sie die Koffer voller Bücher. Zwei Bekloppte, die eher auf Socken zum Wechseln verzichten würden.

Der Drache meint, er hält es zu Hause nicht mehr aus, er will raus, aber ich muss noch Hausaufgaben machen. Die machst du einfach später, komm, wir gehen. Und wohin? Er drückt mir auf die Schulter und ich gehe die Treppe runter, steige auf die Vespa und brause los, ich liebe den Wind in meinem Gesicht und dem Drachen gefällt es auch. Wenn er zufrieden ist, spuckt er bunte Flammen, ich sehe die Rauchwölkchen, die unter meinen Achseln hervorquellen, ich weiß, dass er das ist, der sich auf meinem Rücken räkelt, sich windet wie ein Wurm und kiloweise Luft frisst, um sie danach als Rauch auszustoßen. Ich fahre einfach drauflos, er weiß

Bescheid, er dirigiert mich von hinten, aber als wir am Stadtrand in einen Weg einbiegen, wird mir klar, dass wir zu den ehemaligen Schrebergärten unterwegs sind, die heute als Müllhalde dienen, um die alte Pennerin zu besuchen, die dort im Gebüsch haust. Ich greife in die Tasche, um zu prüfen, ob ich den Geldbeutel dabei habe, zum Glück ist er da. Der Drache drängt, wir fahren bei Rot über die Ampel, fast hätten wir einen Unfall gebaut, egal, schließlich stoppe ich vor der Bar an der Ecke, lasse mir einen doppelten Cappuccino in einen Plastikbecher füllen, verschließe ihn mit einem Deckel, nehme noch zwei Cornetti mit und komme kurz vor Sonnenuntergang bei den Schrebergärten an, es wimmelt von Fliegen. Die Pennerin grüßt mich und verzieht ihren zahnlosen Mund, ich steige von der Vespa und setze mich neben sie, während sie in einer Konservendose einen Löffel Milchpulver mit kaltem Wasser auflöst, wer weiß, wo sie das Zeug herhat.

Ich habe dir einen heißen Cappuccino mitgebracht, sogar einen doppelten, als Dank drückt sie mir einen feuchten Kuss auf die Wange. Lass die Küsserei, brauchst du Geld? Sie antwortet nicht, beäugt mich aber misstrauisch, was will dieses freche Ding von mir, sie bietet mir Geld an, als wäre ich eine Pennerin! Sie fühlt sich als Königin der Schrebergärten, auch wenn sie heute eine Müllhalde sind, sie residiert hier, inmitten von Fahrradschrott, mäusezerfressenen Matratzen, ausrangierten Kühlschränken und versteht nicht, was ich von ihr will. Die Erfahrung lehrt sie, dass Misstrauen angesagt ist, wenn ihr jemand zu nahe kommt, egal, ob er sie beschimpfen, schlagen, vertreiben oder ihr einfach nur die

Meinung sagen will. Daran ist sie gewöhnt. Von Menschen, die ihr nahe kommen, erwartet sie nichts Gutes. Manchmal wird ihr das Wenige, das sie hat, auch noch geklaut oder sie wird übel beschimpft, sie würde stinken, sei ein Schandfleck für die Stadt und solle verschwinden. Ich halte ihr schüchtern den Plastikbecher hin, sie mustert ihn zweifelnd, reißt ihn mir dann aus der Hand und stürzt den Kaffee in einem Zug hinunter. Was hältst du von einem Cornetto dazu? Ohne ein Wort nimmt sie die beiden Hörnchen und deponiert sie an einem sicheren Ort, um eines davon später zu essen, wenn sie Hunger hat. Ihre gelockten weißen Haare sehen aus, als seien sie in Marmor gemeißelt, mit ihren großen schönen Augen wirkt sie wie ein Engel, der gerade die Tür zum Paradies hinter sich zugemacht hat, weil es ihm dort zu gesittet und langweilig zugeht. Hier auf der Müllhalde fühlt sie sich wohl, sie wartet, auf was weiß man nicht, ohne zu kauen verschlingt sie das andere Cornetto, wie die Möwe, die mich manchmal zu Hause auf dem Balkon besucht und von mir mit Brot oder Trauben oder Keksen gefüttert wird. Sie starrt mich aus ihren boshaften Augen an, reckt den Hals und schnappt zu. Aber sie achtet darauf, mich mit ihrem scharfen Schnabel, mit dem sie mir ein Auge aushacken könnte, nicht zu verletzen, sie nimmt sich das, was ich ihr hinhalte und schluckt es hinunter. Ohne zu kauen. Hast du keine Zähne?, frage ich die Möwe und sie reckt den Hals nach dem Pizzastück in meiner Hand. Wenn sie die Flügel spreizt, hat sie eine Spannweite von fast zwei Metern, sie ist wie diese zahnlose Landstreicherin, die das Cornetto gierig hinunterwürgt und in der Speiseröhre zerdrückt wie eine

Schlange. Warum ich sie besuche, weiß ich selbst nicht genau, sie wirkt abstoßend, mit ihren dreckigen Händen und den fettigen Haaren. Doch, jetzt weiß ich es: Der Drache ist es, er drängt mich dazu. Genau, der Drache ist schuld. Dorata, hörst du mich? Die Alte hat einen Namen, den sie mir an einem bitterkalten Morgen verraten hat, als ich ihr eine Decke gebracht habe, sie heißt Dorata. Das klingt ein bisschen wie Dorade, wie dieser Fisch, sage ich und sie lacht, ich ekele mich vor dem zahnlosen Mund, aber ich greife nach ihrer Hand und drücke sie, weil ich deutlich machen will, dass ich sie trotzdem mag. Was glaubst du eigentlich, wer du bist? Ein Nachkomme des heiligen Franziskus?, höre ich meine Großmutter sagen, die sich über mich lustig macht, aber als ich mich umdrehe, ist da niemand, der Drache ist es, der ihre Stimme nachmacht wie ein Papagei, und dieses Mal lache ich, hole den Geldbeutel heraus und gebe Dorata einen Zwanziger. Sie reißt die Augen auf, schnappt nach Luft wie ein Fisch auf dem Trockenen, vielleicht versteht sie jetzt, dass ich ihr nichts Böses will, ich will sie nicht schlagen, ihr nicht ins Gesicht spucken, sie nicht von hier vertreiben. In aller Ruhe zerknüllt sie den Plastikbecher und wirft ihn hinter sich auf einen Müllhaufen, dann erst nimmt sie sich den Geldschein, wendet sich ab und widmet sich einem alten Fahrrad hinter sich. Ciao!, sage ich, doch sie antwortet nicht und werkelt an der verrosteten Kette herum, ich sage noch mal Ciao! und warte erneut vergebens auf ihre Antwort. Dann setze ich mich auf die Vespa und fahre nach Hause.

17. Dezember

Lieber François,
ich komme gerade vom Arzt, ich habe eine chronische Kolitis, das käme von den Nerven. Heute Morgen war es besonders schlimm, ich habe es vor Schmerzen kaum ausgehalten. Deshalb habe ich nicht an der Übersetzung arbeiten können, an der ich gerade sitze. Ich solle mehr spazieren gehen, weniger arbeiten, langsamer und vor allem Gedünstetes und Gekochtes essen, nicht dieses rohe Zeug, das den Darm irritiert, vor allem keine Konserven, keinen Wein, kein rohes Obst, und das Wichtigste: Ruhe. Das hat der Arzt noch einmal unterstrichen. Aber wie soll ich mich ausruhen, wenn ich in wenigen Tagen fast 400 Seiten übersetzten Text abgeben muss? Und mich um den Haushalt kümmern muss, auf meine Tochter und meine Mutter kann ich mich da nicht verlassen. Ich muss einkaufen und kochen, aufräumen und putzen. Zum Glück machen die beiden wenigstens ihr Bett selbst, allerdings sehr großzügig, Lori zieht nur die Laken glatt. Meine Mutter ist da gründlicher und wechselt auch häufig die Bettwäsche, sie hat es gerne frisch, sagt sie. Und wer muss waschen?

Aber ich habe dir doch eine Waschmaschine gekauft!, sagt sie dann pikiert, wenn ich höflich darauf hinweise. Und erinnert mich an das Geschenk von vor zehn Jahren, damals als sie ihren Auftritt im Fernsehen hatte und dafür gut bezahlt worden war. Wenn ich zu Bedenken gebe, dass die Wäsche nicht von alleine in die Waschmaschine kommt, sie nach Farben sortiert, Waschpulver in die Maschine gegeben und das Programm eingestellt werden muss, ist sie erst recht beleidigt. Aber das ist längst nicht alles. Die Wäsche muss danach aus der Maschine genommen, aufgehängt und gebügelt werden, sobald sie trocken ist. Auch wenn ich kaum noch bügele, das wäre dann doch zu viel. Ich falte die trockene Wäsche einfach zusammen und räume sie in den Schrank. Manchmal rafft sich meine Mutter auf und bügelt selbst, sie singt dabei, es klingt wie ein unterschwelliger Vorwurf.

Aber ich langweile dich sicher mit diesen Frauengeschichten. Drei Generationen unter einem Dach, die sich nur ertragen, weil es nicht anders geht. Und doch fühle ich mich einsam, wenn Gesuina und Lori nicht da sind. Das Gefühlsleben der Familie ist kompliziert, immer wieder gibt es Überraschungen. Man liebt und hasst sich gleichzeitig. Manchmal ist die Nähe erdrückend, fast unerträglich, gleichzeitig denkt man mit Schrecken an den Moment der Trennung. Lori wird irgendwann heiraten, nicht gleich, aber ich spüre, wie sehr sie sich wünscht, weggehen zu können. Meine Mutter wird irgendwann sterben, auch wenn sie noch äußerst vital wirkt, man könnte glauben, dass sie hundert Jahre alt wird. Du weißt, dass ich ein ängstlicher Mensch bin. Wie oft hast du mir gesagt, Maria, denk auch an dich, genieße das Leben, mach dir nicht so viele Gedanken, opfere dich nicht für andere, wenn du nicht da wärst, müssten sie ja auch zurechtkommen.

Du hast recht, François. Aber ich bin eben so. Ich bin wie eine Ameise, das ist meine Natur. Ich renne von morgens bis abends hin und her, rauf und runter, überwinde Hindernisse, die mir wie Berge erscheinen, obwohl es nur Hügel sind, das hängt alles vom Blickwinkel ab, oder? Letztes Jahr habe ich ein Buch übersetzt, in dem es um die Zeit ging, um die Milliarden Jahre, die die Galaxien schon existieren, um das Sonnensystem, das aus Myriaden von Sternen besteht, die aufleuchten und erlöschen, was bedeutet das für uns? Am Ende müssen wir einsehen, wie unbedeutend wir sind und wie kurz unser Leben ist, kaum länger als das einer Fliege. Nur dass wir gelernt haben, die Zeit zu messen, diese brutale, grausame Zeit, wir haben gelernt, ihr einen Sinn zu geben. Dadurch hat unser Leben eine Perspektive, dehnt sich in die Zukunft und kommt einem lange und ruhmreich vor. Und wir haben die Uhr erfunden, ein präzises Instrument, nützlich und grausam zugleich. Wir messen auf dem Zifferblatt die Stunden, Minuten und Sekunden, und auch wenn wir glauben, Herr über unsere Zeit zu sein, ist es die Uhr, die uns leitet und unser Leben lenkt. Aber die Zeit existiert nicht, François. Wir stecken im Chaos, genau wie die Fliege, für die zwei Minuten zweihundert Jahre sind. Die Menschen belügen sich selbst, wenn sie aus einem Tag ein Jahr und aus einem Jahr fünfzig oder auch hundert Jahre machen. Was für ein Luxus!

Ich liebe dich, François. Achte gar nicht auf die Grübeleien einer ängstlichen Frau, die dem Rätsel der Zeit ratlos gegenübersteht. Wir sind sterblich, aber wir lieben uns und das reicht doch, oder?
Deine Maria

18. Dezember

Der Weihnachtsstress hat uns im Griff. Das ist vielleicht nervig! Meine Mutter gerät in Panik, weil sie ihre 400 Seiten abgeben muss, dieser Flaubert-Schinken, sie ist spät dran und schläft fast gar nicht mehr. Bis nach Mitternacht hängt sie über ihrem Schreibtisch und morgens geht's vor sechs weiter, das Wörterbuch ist ihr ständiger Begleiter. Meine Großmutter schläft noch und ich gehe rasch pinkeln, dann lege ich mich wieder hin, aber ich kann nicht mehr einschlafen. Wenn ich die Augen schließe, sehe ich das gehetzte Gesicht meiner Mutter vor mir, gnadenlos gegen sich selbst, nur, um ihre Pflicht zu erfüllen.

Was wünschst du dir zu Weihnachten?, fragt mich Tulù, der das immer schon früh wissen will. Hmmm, vielleicht … aber dann stocke ich, weil ich wirklich nicht weiß, was ich will. Sag irgendwas, egal was. Ja, einen Hund, ich hätte gerne einen Hund, den ich im Arm halten, mit dem ich spazieren gehen und herumtollen kann, keine Ahnung welchen. Ich wollte schon immer einen Hund, aber meine Mutter ist dagegen, sie meint, am Ende müsste sie sich um ihn kümmern. Und wer füttert ihn, wenn du nicht da bist? Ich regle alles, mach dir keine Sorgen, Mama. Und ob ich mir Sorgen mache, ich weiß genau, wie das läuft: Der Hund schläft bei dir im Zimmer, hinterlässt überall seine Haare und wenn es um die Arbeit geht, haust du auf deiner Vespa einfach ab. Ich muss mit ihm raus, alles saubermachen und ihn füttern, ich kenne dich doch. Aber wir sind zu dritt, Großmutter ist auch noch da, sie kann doch auch mit ihm Gassi gehen? Auf deine Großmutter kann man sich nicht verlassen, das weißt du genau so gut wie ich. Und hier endet das Gespräch, unmöglich, sie umzustimmen. Sag mal Lori, was wünschst du dir zu Weihnachten, auch sie kommt mit dieser Frage. Schenk mir doch einfach irgendwas und frag mich nicht immer! Ich bekomme ohnehin immer das Gleiche: Zwei oder drei Bücher, die sie dann selbst liest, weil ich sie irgendwo habe liegen lassen. Wenn ich ein Buch lese, wird es mir irgendwann langweilig, die Buchstaben fangen vor meinen Augen an zu tanzen, wie Fliegen, die durch die Luft schwirren, dann höre ich auf, lege es mit dem Rücken nach oben aufs Sofa, meine Mutter findet es und meckert. Ich meckere zurück. Du willst, dass ich eine Kopie von dir werde, Mama, aber vergiss es, ich bin dir überhaupt nicht ähnlich, ich bin kein Hausmütterchen, das sich hinter Büchern verkriecht, kocht und Liebesbriefe an einen Scheißfranzosen schreibt, der nur Küsse schickt, aber nie ein Geschenk, ich meine, ein richtiges Geschenk! Ich will keine Geschenke, rechtfertigt sie sich, die Liebe eines Mannes wie François ist Geschenk genug. Mama, sieh's doch endlich ein, du bist in die Liebesfalle getappt, naiv wie ein junges Mädchen. Du irrst dich, Lori, ich liebe und werde wieder geliebt, seit sechs Jahren schon, wir haben vieles gemeinsam, über das wir uns in unseren

Briefen austauschen, wir reisen gemeinsam um die Welt, wir sind frei und glücklich. Du bist eine unverbesserliche Träumerin, ein hoffnungsloser Fall, es gibt keine Liebe, verstehst du das nicht, Mama, die Welt ist brutal. Aber all das sage ich nicht, stattdessen seufze ich: Ihr Glücklichen.

19. Dezember

Lieber François,

wir sind schon eine komische Familie: Ich schreibe Briefe, meine Tochter schreibt Tagebuch, das sie in einer Mauernische versteckt, meine Mutter spricht alles auf Band, was ihr durch den Kopf geht, sie hat ein Mini-Diktiergerät, das sie in einer Tasche bei sich trägt. Manchmal höre ich, wie sie mit sich selbst spricht, Fragen stellt, manchmal lacht sie auch dabei, zum Glück ist sie eine fröhliche Frau. Miesepeter sind wir alle drei nicht, wir streiten, das stimmt, weil jeder seine Meinung durchsetzen will. Aber ist das in einer Familie mit solch unterschiedlichen Charakteren nicht unvermeidlich? Lori hat mir ihren Laptop angeboten, damit ich mit dir skypen kann, sie meinte, das sei einfacher und schneller. Ich könnte dir dabei ins Gesicht sehen und mit dir reden. Aber ich habe abgelehnt, das will ich nicht. Wie kann ich einer 17-Jährigen erklären, dass gerade die Distanz von poetischer Ausdruckskraft ist? Soll ich das Briefeschreiben für so etwas Triviales wie ein Telefon mit bewegtem Bild aufgeben? Wohl überlegte, mit Bedacht zu Papier gebrachte Gedanken sind so viel wertvoller und intensiver, als auf einen Bildschirm zu starren und zu überlegen, was man sagen will. Während ich schreibe, stelle ich mir vor, wie deine Finger über das Papier streichen, rieche den Duft deines Körpers, ich höre deine Stimme, die mir antwortet und Fragen stellt. Es ist so viel erfüllender, beim Schreiben und Lesen Gefühle zuzulassen und zu träumen, als durch einen empfindungslosen Apparat, der die Menschen auf den ersten Blick näher zusammenbringt, sie aber in Wirklichkeit voneinander entfernt.

Du hast mir gesagt, dass du planst, über Weihnachten zu uns zu kommen. Oder hast du deine Meinung geändert? Ich plane gerade das Silvestermenü, es wäre schön, wenn du dabei wärst. Jetzt, da deine Mutter tot ist, darf ich doch an so etwas denken, oder? Worauf hast du Lust? Magst du Langusten? Oder lieber gefüllten Truthahn? Meine Mutter macht eine wunderbare Füllung aus Kastanien, Speck und Rosinen. Soll ich ihr Bescheid sagen? Lori meinte, sie würde sich um den Nachtisch kümmern, aber da habe ich so meine Zweifel, mit diesem Drachen auf dem Rücken scheint sie mir immer mehr zu entgleiten, bereit davonzufliegen.

Flaubert quält mich. Warum hat er gesagt *Madame Bovary bin ich*? Dabei verachtet er sie doch, brüskiert sie und behandelt sie wie eine Feindin. War er sich selbst ein Feind? Manchmal glaube ich das. Seite für Seite hadert er mit Emmas Exotismus, was ihn andererseits mit seinen eigenen exotischen Träumen verbindet. Straft er etwas in Emma ab, was er in sich selbst hasst? Und warum setzt er alles daran, Emma als verabscheuungswürdige Egoistin zu schildern, während sie von den Lesern häufig als emanzipatorische Heldin gesehen wird. Die Szene, in der sie ihre alte Amme in ihrer ärmlichen Wohnung besucht, der sie ihre Tochter Berthe anvertraut hat, finde ich abstoßend. Sie nimmt den Säugling in den Arm, flüstert ihm etwas ins Ohr, aber als er ihr ein bisschen Milch auf das Kleid spuckt, regt sie sich auf, legt ihn angewidert in die schmutzige Wiege zurück und denkt nur noch daran, wie sie den Kragen wieder sauber bekommt, Berthe ist ihr völlig egal. In einer späteren Szene, Berthe ist inzwischen sechs, klammert sich das Mädchen sehnsuchtsvoll an ihre Beine, Emma schüttelt sie ab, die Kleine stürzt zu Boden und blutet am Kopf. Und die strahlend schöne Emma mit dem engelhaften Lächeln, was macht sie? Statt sich nach unten zu beugen, ihr aufzuhelfen und sich zu entschuldigen, klebt sie ihr einfach ein Pflaster auf die Stirn und macht ihr sogar noch Vorwürfe. Und als ihr Mann kommt, beschuldigt sie ihre Tochter, nicht aufgepasst zu haben, sie sei ja so ungeschickt. Und als Berthe eingeschlafen ist, blickt Emma sie an und murmelt: Was für ein hässliches Kind! Flaubert beschreibt sie als schlechte Mutter, zudem als gefühllos, egoistisch und kalt. War das seine Absicht? Gustave war ein unglücklicher Mann, er verabscheute das Leben in der Provinz, aber er blieb aus Pflichtbewusstsein und aus Liebe zu seiner Mutter dort. Er verbarg auch die Beziehung zu Louise, ihre Briefe musste sie an die Adresse eines Freundes schicken. Und als ihn Louise trotz seiner Warnungen besuchen kam, ließ er sie vor der Tür stehen und beschimpfte sie, in Anwesenheit seiner Mutter. Skandalös! Und als seine Mutter ihm verbietet aufs Wasser hinauszufahren, aus Angst vor einem epileptischen Anfall, widersetzt er sich nicht, er gehorcht und verzichtet auf sein geliebtes Ruderboot. Aber Tyrannei unter dem Deckmantel mütterlicher Fürsorge taucht in seinen Büchern trotzdem nicht auf. Muss Emma etwa indirekt für diese herrschsüchtige und dominante Mutter bezahlen?

Wie gerne würde ich mit dir gemeinsam darüber nachdenken und diskutieren, deiner wissenden Stimme lauschen, du bist schließlich Experte für französische Literatur. Gib mir bitte baldmöglich Bescheid, ob du über die Feiertage kommen kannst. Ich sehne mich nach dir. Dann kannst du auch Lori kennenlernen, du hast sie ja nur ein, zwei Mal flüchtig gesehen. Sie ist ständig mit ihrer Vespa unterwegs, immer in Eile, genau wie du, nur dass du das Flugzeug oder den Zug nimmst. Endlich könnten wir gemeinsam als Familie Weihnachten feiern, deine Mutter ist ja leider nicht mehr, und danach zu einer Reise aufbrechen. Auch wenn ich fürchte, dass es immer weniger Orte gibt, wo wir die ersehnte Ruhe finden können, unsere Welt wird durch Kriege, politische Krisen und Flüchtlingsströme massiv erschüttert, Menschen, die fliehen müssen, weil in ihrer Heimat Terror, Seuchen und Hunger herrschen. Was sagst du zu Holland? Das ist nicht weit weg, du kennst das Land noch nicht, aber ich war schon dort, mit meinem Mann, kurz bevor er starb. Wir könnten uns das Van-Gogh-Museum ansehen, er ist doch dein Lieblingsmaler. Holland lebt mit dem Wasser, die Menschen haben eine symbiotische Beziehung zum Meer, würde dir das gefallen? Jetzt muss ich mich wieder der Übersetzung widmen, auch wenn ich gerne länger in Gedanken bei dir geblieben wäre. Ich empfange dich mit offenen Armen und umarme dich zärtlich.

In Liebe, deine Maria

19. Dezember

Mama, schreibst du immer noch an diesen François? Wenn man liebt, mein Kind, dann für immer! Was soll dieses Geschwätz? Hast du diesen Langweiler noch immer nicht satt? Ich liebe handgeschriebene Briefe, genau wie François, er hat das Briefpapier mit seinen Händen berührt, verstehst du? Ich kann den Duft seiner Haut auf jedem Blatt riechen. Mama, du bist sowas von sentimental, das ist ja krankhaft! Was geht dich das an, das ist ganz allein meine Sache. Das weiß ich, aber in meinen Augen bist du ein hoffnungsloser Fall. Wenn ich so mit ihr rede, dann sackt sie in sich zusammen und erinnert mich an einen verängstigten Vogel … ob ich sie damit schockiere? Eher nicht, vielleicht mache ich ihr ein bisschen Angst, weil ich ihr fremd vorkomme: Ist das wirklich mein eigen Fleisch und Blut, sie ist so ganz anders als ich, wird sie sich jedes Mal fragen, wenn sie sich zusammenkrümmt, mir den Rücken zudreht, um weiter zu schreiben.

Ich habe mich lange mit Großmutter darüber unterhalten, wie glücklich und zufrieden Dorata auf der Müllhalde lebt. Und auch über Tulù. Der interessiert sie mehr, die Pennerin eher weniger. Stellst du ihn mir vor?, fragt sie. Warum sollte ich? Nur so, damit ich weiß, wer er ist ... aber ich habe sie sofort durchschaut, sie will ihn kennenlernen, um mit ihm zu flirten. Verdammt, Großmutter, schämst du dich nicht, in deinem Alter? Ich zwinge doch niemanden zu irgendetwas, ich streichele die jungen Männer mit meinem Blick, mehr nicht, sage ihnen, wie schön sie sind und wie wunderbar zart ihre Haut ist, dann leuchten ihre Augen und sie sind stolz auf sich. Aber sonst passiert nichts, ich bin doch nicht so naiv zu glauben, dass diese knackigen Jungs, die meine Enkel sein könnten, mit mir ins Bett steigen würden, ich will sie nur anschauen und bewundern, das tut mir gut, manchmal gestatte ich mir einen Kuss. Einen Kuss, Großmutter? Du bist schlimmer als einer dieser notgeilen alten Knacker. Da irrst du dich, mit Lust hat das nichts zu tun, ich bin nur ein bisschen verliebt in die Liebe. Du benimmst dich wie ein hungriger Wolf, aber du bist kein Wolf, sondern eine alte Schachtel, auf die keiner scharf ist. Trotzdem umschwirren sie mich wie Motten das Licht, mein Kind, ich glaube, diese armen Kerle sind einsam, keiner macht ihnen Komplimente, sagt ihnen, dass sie erotisch und sinnlich sind. Wenn ich sie umgarne, fühlen sie sich geschmeichelt und finden mich attraktiv. Für den Moment. Und du nutzt das schamlos aus, um sie ins Bett zu kriegen!, schreie ich sie an, aggressiv und herausfordernd, ich scheue den Schlagabtausch nicht. Aber nein, du dummes Mädchen, Sex ist Sache der Jugend, das interessiert mich nicht, ich genieße die Ästhetik der Körper, das reicht mir, vielleicht ein paar Küsse, damit sie nicht allzu enttäuscht sind. Ein paar Küsse, Großmutter? Du bist echt abartig, du willst meinen Tulù verführen? Ach was, deinen Tulù rühre ich nicht an, der gehört dir.

So ist sie, meine Großmutter Gesuina, die weiß, wie man mit Männern umgeht. Ich dagegen bin zwar viel jünger, habe aber wenig Erfahrung. Sie schämt sich nie, macht, was sie will, ist selbstbewusst und überzeugt so auch die anderen. Gesuina, du bist ein Wunder! Sie lacht mich an, schlüpft in eine Rolle und rezitiert die Mirandolina, den Text kann sie auswendig, sie hat die Rolle als junge Schauspielerin auf einer langen Tournée durch ganz Italien gespielt, sie muss gut gewesen sein, denn die Goldoni-Komödie wurde mehr als 300 Mal gespielt. Aber dann hat sie sich in einen Schauspieler verliebt, der sie geschwängert hat, vorbei war es mit der Mirandolina. Er wurde krank und sie hat ihn jahrelang gepflegt, bis zu seinem Tod, meinen armen Großvater, den ich nie kennengelernt habe. Aber Großmutter schwärmt heute noch, er sei großartig gewesen, das Publikum hätte ihm zu Füßen gelegen, es gibt noch ein paar Fotos von ihm auf der Bühne, in Schwarzweiß. Ein großgewachsener Mann, weder schön noch hässlich, mit üppigem Backenbart und einem Borsalino auf dem Kopf. Großmutter, erzähl mir von ihm, ich höre gerne zu, wenn sie von Giacomo Cascadei schwärmt, dem Mann, dem die Zuschauer so lang applaudierten, bis ihre Hände wehtaten. Was soll ich dir erzählen? Er war ein schöner Mann, hatte eine wunderbare Stimme, bewegte sich elegant, aber er war auch ein feiger Hund. Als ich ihm gesagt habe, dass ich schwanger bin, hat er sofort abgestritten, der Vater zu sein. Ich wäre lieber tot, als ein Kind zu haben, sagte er, es ist nicht von mir, wer weiß, mit wem du dich rumgetrieben hast und wer dich geschwängert hat. Aber ich habe ihn viel zu sehr geliebt und wäre ihm niemals untreu gewesen. Ich stammelte immer wieder: Es ist deins, nur deins, ich war noch Jungfrau, als ich mich in dich verliebt habe, du bist der einzige Mann, mit dem ich geschlafen habe. Aber er glaubte mir nicht, warf mir vor, ein leichtes Mädchen zu sein, das mit jedem ins Bett steigt. Das hat mich tief getroffen, ich war doch noch so jung. Und so dumm! Von der wahren Liebe wusste ich noch nichts, von Verhütung ganz zu schweigen. Ich war regelrecht besessen von ihm. Und heute machst du das ganze Spiel noch mal, redest von Unschuld, Reinheit und der Naivität der Jugend, Großmutter. Jetzt bin ich erwachsen und weiß, was ich tue. Ich kenne meine Bedürfnisse und versuche sie zu erfüllen, aber ich verlange nicht viel, nur ein bisschen, das körperliche Begehren hört ja mit sechzig nicht einfach auf. Frag doch mal einen Mann in diesem Alter oder sogar manchen Achtzigjährigen, für die ist es selbstverständlich, Sex mit einer wesentlich jüngeren Frau zu haben. Aber Frauen im reifen Alter dürfen sich nicht mal einen jungen Mann anschauen, ohne dass sie Hexen, Huren oder Schlampen genannt werden. Du bist da nicht anders. Das ist doch Schnee von gestern, Großmutter, heute sind Frauen mit sechzig noch gut im Geschäft! Schön, dass du das sagst, aber das wirst du erst verstehen, wenn du soweit bist, meinte sie trocken.

So also war mein Großvater, ein großgewachsener schlanker Mann, mit Backenbart und eng stehenden Augen, Adlernase und kräftigen groben Bauernhänden. Großmutter sagt, dass sein Vater Aidano und seine Mutter Rosalina einen Bauernhof hatten und nach Ziegenstall stanken.

Ihre Eltern hingegen waren ehrgeizig und haben sie auf die Akademie der Schönen Künste geschickt, anfangs sollte sie sogar auf die Universität gehen und Chirurgin werden, aber das konnten sie sich nicht leisten. Und so kam sie auf die Schauspielschule. So richtig zugetraut haben sie es ihr nicht, insgeheim hofften sie, dass sie vielleicht doch Lehrerin werden würde. Aber Gesuina hat gelernt, den Dialekt aus ihrem Heimatdorf abzulegen und sich gewählt auszudrücken, auch ihre Manieren passte sie an. Auch Giacomo sprach ein gutes Italienisch ohne jeden Akzent. Doch als er von der Schwangerschaft erfuhr, kam der Ziegenhirte wieder zum Vorschein, er hat alles abgestritten und wollte von dem Kind nichts wissen. Aber hat er es später nicht doch anerkannt? Ja, nachdem das Mädchen auf der Welt war, nachdem alle sagten, wie sehr es ihm ähnlich sah. Aber erst als er wusste, dass er sterben würde, hat er mich geheiratet und Maria als sein Kind anerkannt. Auch die Familie hatte ihn gehörig unter Druck gesetzt.

21. Dezember

Spring endlich an, du blödes Ding! Ich muss dir unbedingt etwas erzählen. Gestern klingelt es an der Tür. Ich öffne und vor mir steht ein gut aussehender Mann, die Haare an den Schläfen leicht ergraut, aber mit einer kleinen spitzen Nase, großen traurigen Augen in einer seltsamen Farbe, fast ein bisschen violett, und vollen Lippen, die mich anlächeln. Athletischer Körper mit flachem Bauch, stell dir mal vor, ein Waschbrettbauch, das ist echt selten, ab einem gewissen Alter kriegen alle Männer einen Schwabbelbauch und gehen auf wie ein Hefekloß. Merkwürdig, oder? Bei manchen sieht es aus, als würden sie auch gerne mal schwanger sein, als wollten sie sagen, das ist nicht nur ein dicker Bauch, da ist ein wunderbares Baby drin, das nur darauf wartet, auf die Welt zu kommen. Aber wir beide wollen es geheimhalten, mein Kind und sein wunderbarer Vater, was hältst du von diesen Gedankenspielen, mein lieber Recorder? Väter wollen, dass alle Frauen Kinder bleiben, schutzbedürftig, unschuldig, lächelnd und liebenswert, immer für sie da. Überleg doch mal, warum sonst nennt in englischsprachigen Liedern der verliebte Mann seine Angebetete immer *my baby*, ist das nicht komisch? Die Väter lieben dich, so lang du niedliche Schuhe und weiße Kniestrümpfe trägst, man die Ansätze deiner Brüste unter der Bluse nur erahnen kann, deine Haare bis zu den Schultern reichen und du nicht ans Abschneiden oder Färben denkst. Alles ist so, wie es in seiner Vorstellung sein soll, du bist lieb, in deinen wunderschönen Augen liegt Unschuld, Vertrauen und Schamhaftigkeit. Aber sobald du zur Frau wirst, deine Brüste wachsen und du weißt, was du willst, wenden sie sich von dir ab: Wer ist denn diese arrogante Bohnenstange? Wo ist das kleine schüchterne Mädchen geblieben, das du gewesen bist? Was ist aus dem wunderbaren Wesen geworden? Ich erkenne dich nicht wieder, du rasierst dir die Beine, zupfst deine Augenbrauen, liest Bücher über Liebe und Abenteuer und träumst vom großen Glück. Du widersprichst, bist störrisch und erlaubst dir, andere zu beurteilen. Warum bist du nicht geblieben, wie du vorher warst? Warum hast du den Haaren erlaubt unter deinen Achseln und auf deiner Scham zu wachsen, warum hast du zugelassen, dass deine Brüste prall und schwer werden, das nimmt mir doch jeden Appetit. Das sind die Gedanken der Männer, glaub mir, ich weiß es, und im Alter wird es immer schlimmer.

Die ganz Jungen sind anders, sie wissen noch nichts von den angestammten Privilegien ihres Geschlechts. Dafür wollen sie ernst genommen werden, bewundert, umschwärmt. Manchmal würden sie dafür sogar eine Gegenleistung erbringen, aber ich weiß, dass sie meistens knapp bei Kasse sind und nicht viel zu bieten haben. Ich begnüge mich damit, an der verbotenen Frucht zu schnuppern, bin glücklich mit dem Honig, den ich schlürfen darf, das tut mir gut und ihnen nicht weh.

Reden ist verdammt anstrengend. Aber man kann nicht alles haben, sagt meine Enkelin Lori immer. Warum haben sie ihr eigentlich den Namen Loredana gegeben, sie hätten doch wissen müssen, dass jeder Lori zu ihr sagen wird. Sie erinnert mich immer mehr an ihren Großvater, den hinreißenden Schauspieler Giacomo Cascadei, den Zyniker, den umschwärmten und egozentrischen Cascadei, der immer auf Tournee war. Mein Liebhaber. Und mein ständiger Begleiter, erst im Bus und dann im Zug und schließlich im eigenen Auto, er konnte sich das leisten. Doch er warf das Geld mit beiden Händen aus dem Fenster und nach seinem Tod waren nur Schulden geblieben.

Oje, ich habe den Faden verloren, ich wollte eigentlich von heute Morgen erzählen. Ich öffne die Tür und sehe diesen attraktiven Mann, er lächelt mich an (das Lächeln eines Engels, der vom Himmel kommt, auf einem Baum gelandet ist und durch die Fenster späht) und sagt: Ich bin's, François, erkennst du mich nicht? Verdammt, nein, ich habe ihn nicht wiedererkannt, Als ich ihn das letzte Mal kurz gesehen habe, trug er eine tief ins Gesicht gezogene Mütze und ein Pflaster auf der Wange, wegen eines entzündeten Leberflecks, wie sollte ich ihn da wiedererkennen? Ah, François, du bist es, sage ich, komm rein, schön dich zu sehen. Am liebsten hätte ich noch hinzugefügt: Verdammt, siehst du gut aus! Aber ich habe mich zurückgehalten. Er kommt rein, lächelt weiter und stellt seinen Koffer ab. Wo ist Maria? Sie ist zum Markt gegangen, aber sie kommt bald wieder, hast du ihr nicht Bescheid gesagt? Nein, ich wollte sie überraschen.

Die Überraschung ist dir gelungen, sie wird begeistert sein! Bleibst du über die Feiertage hier? Sicher, und ich freue mich darauf, die vergangenen Jahre war ich immer bei meiner Mutter, aber jetzt, da sie gestorben ist … Er schaut sich kritisch um, als würde er sich fragen, wo bin ich denn da gelandet? Das Chaos in der Wohnung schien ihm zu missfallen, überall stapeln sich Bücher. Setz dich doch, möchtest du einen Kaffee? Er lehnt dankend ab. Wann kommt Maria wieder? Bestimmt bald, mach dir keine Sorgen, sie bleibt nie lange weg, dazu hat sie zu viel zu tun. Ich glaube seine Gedanken lesen zu können: Wenn sie so viel zu tun hat, warum gehst du dann nicht einkaufen? Ich könnte ihm sagen, dass ich gerne lange schlafe und nach dem Aufstehen nicht gleich einkaufen gehen will, vor allem wenn wir Mineralwasser brauchen, die Flaschen sind ganz schön schwer.

Zum Glück geht in diesem Moment die Tür auf und Maria betritt summend die Wohnung. Als sie ihn sieht, stößt sie einen Freudenschrei aus, lässt die Einkaufstüten fallen und rennt auf ihn zu. Meine Güte, wie sie ihn küsst, ihren François! Ich habe die beiden noch nie zusammen gesehen, direkt nach seiner Ankunft sind sie immer sofort weitergefahren, er ist noch nie über Nacht geblieben, immer hopp und weg. Dieses Mal bleibt er, schläft mit Maria im Ehebett, ich bin so was von neidisch! Ein so schöner Mann und zudem noch umsonst!

22. Dezember

Der lächerliche Franzose ist da, der bei näherem Hinsehen gar nicht so lächerlich wirkt, *mon amour* sieht richtig gut aus und Mama umschwärmt ihn, ist bis über beide Ohren verliebt. François könnte bestimmt auch eine Jüngere haben, amüsanter und flotter als Mama, aber einem geschenkten Gaul schaut man nichts ins Maul … wahrscheinlich passt dieser Satz hier nicht, sagen wir lieber, sie hat ihn entdeckt, sofort zugegriffen und jetzt lässt sie ihn nicht mehr los. Die Glückliche!

Tulù hat gestern mit mir über seine Zukunft gesprochen, für die er ziemlich schwarz sieht. Er hat wenig Hoffnung. Ich gehe nach Deutschland und suche mir einen guten Job, hier hilft dir sowieso keiner. Aber du bist doch noch gar nicht mit der Schule fertig, Tulù. Hab noch ein bisschen Geduld, ist es nicht ein bisschen früh, um schon ans Weggehen zu denken? Na ja, mein Bruder ist nach England gegangen, mein Cousin Giovanni nach Südafrika und seine Freundin ist gerade mit dem Studium fertig und kommt nach, glaubst du, ich habe in Italien eine Zukunft? Mein Heimatland investiert erst in mich, finanziert meine Ausbildung und schmeißt mich dann raus. Warte doch erst mal ab, bis du deinen Abschluss hast, dann sehen wir weiter. Was hältst du von einem Bauernhof auf dem Land, mit vielen Kühen und Hühnern, wir züchten Kälber, verkaufen Eier und machen unseren eigenen Käse. Das ist eine dämliche Idee, wer soll sich um die Kühe und die Hühner kümmern, du etwa? Warum nicht, glaubst du, ich kann das nicht? Ehrlich gesagt, nein. Mit deiner Vespa, deinen Piercings und deinem Drachentattoo auf dem Rücken … ich sehe dich nicht unbedingt Kühe melken, Kälbchen auf dem Markt verkaufen, Hühner füttern, um fünf Uhr aufstehen, den Stall ausmisten und das Heu auskehren, voller Zecken und Ameisen? Du? Ettore hat das gemacht, erinnerst du dich an Ettore, der war auch auf unserer Schule. Er hat seinen Abschluss gemacht, dann ein Erasmus-Jahr im Ausland, danach hat er sich irgendwo günstig ein Stück Land gekauft, das Geld hat er sich bei seinen Eltern geliehen, ein halb verfallenes Bauernhaus renoviert, ein paar Küken und zwei Kühe gekauft, jedes Jahr ein Kälbchen großgezogen und verkauft, sich von dem Erlös eine dritte Kuh gekauft und so weiter und so fort. Er hat sogar eine Melkmaschine. Die Küken sind gewachsen und haben sich vermehrt, inzwischen hat er zwanzig Hühner und einen wunderschönen stolzen Hahn, mit leuchtend buntem Gefieder und einem glänzenden Kamm. In ein paar Jahren wird er hundert Kühe und tausend Hühner haben und richtig viel Geld verdienen. Glaub mir, das können wir auch. Und ich könnte einen Hund haben, das wollte ich immer schon, ich würde ihn Prometheus nennen, Mama sagt, der war ein Menschenfreund, sogar der allererste. Es heißt, er hätte aus Athenes Schätzen die Intelligenz und die Erinnerung gestohlen, um sie an die Menschen weiterzugeben, ganz zu schweigen vom Feuer, das er Zeus geraubt hat, der ihn daraufhin aus Rache an einen Felsen schmieden ließ und jeden Tag einen Adler aussandte, der nachts Prometheus' Leber fraß, die sich tagsüber wieder erneuerte. Meine Mutter kennt viele dieser Geschichten, aber die von Prometheus gefällt mir am besten, und wenn ich einen Hund hätte, dann würde ich ihn genau so nennen: Prometheus.

Großmutter fragt mich nach Tulù. Es geht ihm gut. Aber sie lässt nicht locker. Ist er hübsch? Bist du seine einzige Freundin? Was für eine Frisur hat er? Hoffentlich gehen ihm die Haare nicht aus wie bei deinem Vater, der hatte schon mit dreißig eine Glatze. Ich antworte nicht, ich mag es nicht, wenn sie sich für Tulù interessiert. Bist du vielleicht eifersüchtig, fragt sie. Blödsinn, Großmutter, wie sag ich dir das am besten? Du bist so was von out, in deinem Alter solltest du an deinen Grabstein denken und nicht an Discos, junge Männer oder andere Hirngespinste. Ich will mich amüsieren, so lange ich noch atme. Wie Mirandolina? Genau, wie Mirandolina, was gibt's dagegen zu sagen? Mirandolina war so alt wie ich, Großmutter. Und ich bin so alt wie ich mich fühle: um die dreißig. Ich bin gesund und agil, ich habe Spaß am Leben und lasse keine Gelegenheit aus, was stört dich daran? Wenn ich sterbe, dann sterbe ich, der Grabstein ist mir egal, wenn ich unter der Erde liege, dann höre und sehe ich sowieso nichts mehr, ich falle in den ewigen Schlaf! Punkt aus! Friede sei mit mir!

23. Dezember

Ich habe mir eine Tasche in die blaue Satinjacke genäht, wo sollte ich mein Diktiergerät sonst unterbringen? Ich muss es in Griffweite haben, zu Hause und unterwegs. Früher haben mich die Leute angestarrt: Die hat doch den Verstand verloren! Jetzt fällt es gar nicht mehr auf, mittlerweile reden ja alle mit sich selbst, mit diesem Knopf im Ohr und dem Mikro. Keiner wundert sich mehr, wenn man wie verrückt herumschreit und gestikuliert, ohne dass jemand in der Nähe ist.

Und der schöne François hat sich hier eingenistet, er ist freundlich und hilfsbereit, man kann nichts gegen ihn sagen. Er deckt zu Mittag und zu Abend den Tisch, räumt danach wieder ab und stellt das Geschirr ordentlich in die Spülmaschine. Er legt Wert darauf, dass jeder eine eigene Serviette hat, die in die als Geschenk mitgebrachten bunten Serviettenringe aus Holz gesteckt werden. Jeder hat seine eigene Farbe, mein Ring ist violett, Marias grün und Loris blau, der von François glänzt golden. In aller Höflichkeit hat er darauf hingewiesen, dass wir zu hastig essen, zu viel Wasser und zu wenig Wein trinken, kurz gesagt, er drängt uns seinen Stil auf, wir nehmen es hin, stillschweigend und mit einem gewissen inneren Widerstand. Aber wer kann bei einem solchen Mann schon nein sagen?

Der Drache auf Loris Rücken gefällt ihm gar nicht, sie kennt ja kein Schamgefühl und hat ihm das Tattoo sofort gezeigt. Wenn er die Nase rümpft, muss ich an die Mädchen aus gutem Hause in der Klosterschule denken, in die ich als Kind gehen musste, aber bei der erstbesten Gelegenheit bin ich abgehauen. Er hat zwar nichts Feminines, aber seine guten Manieren lassen ihn ein bisschen snobistisch und weich wirken, auch wenn sein durchtrainierter, athletischer Körper die Männer, denen er auf der Straße begegnet, vor Neid erblassen lässt.

Gestern ist er früh aufgestanden, um Lori mit Marias Auto in die Schule zu fahren. Du bist so hilfsbreit und großzügig, hauchte meine gutgläubige Tochter Maria, die bei François die rosarote Brille aufhat. Ich wäre vorsichtiger, Lori und der Franzose tauschen mir zu viele Blicke. Klar, ich schaue ihn auch gerne an, er ist viel zu schön, um den Anblick nicht zu genießen. Aber mehr wie man ein Kunstwerk bewundert, rein platonisch, ohne irgendwelche Hintergedanken. Loris Blicke dagegen wirken lüstern, sie fordert ihn regelrecht heraus. An ihrem Interesse lässt sie keinen Zweifel. Arme Maria!

Der Bäcker hat auf mich gewartet, er hat mir ein ofenfrisches Brot zurückgelegt. Zum Glück war der Laden leer, er zog mich ins Hinterzimmer und küsste mich, dabei presste er sich zitternd an mich, wie ein Junge. Ich musste die Augen zumachen, so schön wie François ist er nicht. Simones

Anziehungskraft ist eher rustikaler Natur, zupackende behaarte Hände, buschige Augenbrauen, römische Nase, freundliches Lächeln, ein paar schiefe Zähne. Ich weiß genau, dass er keinen Sex will, er ist impotent, das hat er mir in einem vertraulichen Moment gestanden. Aber er wird gerne umworben und lässt sich gerne küssen, er hat mir anvertraut, dass Küsse für ihn das Wichtigste an der Liebe sind. Küsse sind etwas Göttliches und er würde sogar den hässlichsten Mund der ganzen Welt küssen, wenn die Lippen weich wären und die Küsse nach Liebe schmeckten. Doch ein Traummann wie François? Na ja, er hat mir eine halbe Stunde von der Magie des Kusses erzählt und dabei die Kunden vergessen, die im Laden ungeduldig auf ihn warteten. Er sagte, dass er beim Küssen Gänsehaut bekommt, überall, und dass es in seinem Bauch rumort und er auf Wolke sieben schwebt. Er könnte ewig damit weitermachen. Aber warst du immer schon impotent, ist das angeboren? Er schaute mich mit seinen melancholischen Augen an und erklärte, dass er während eines Traums eine Erektion und sogar einen Orgasmus bekommen kann, aber wenn er eine nackte Frau vor sich hat, passiert gar nichts, nichts zu machen. Wenn er jedoch eine Frau küsst, fühlt er sich wie im Paradies und jeder Kuss ist ein Liebesversprechen. Aber ich bin nicht pervers, betonte er mit Nachdruck, ich erzwinge nichts, nur wenn die Frau es auch will, küsse ich sie. Hallo! Das fehlte gerade noch.

Mein Bäcker ist schon ein komischer Typ, eigentlich sollte ich ihn zum Psychiater schicken, wer weiß, was da alles rauskommen würde … Aber Simone fühlt sich nicht krank, nur ein bisschen eingeschränkt. Bei mir fühlt er sich sicher, weil ich ihn verstehe. Jeden Morgen wartet er auf mich, um mir ein Brot und einen Morgenkuss zu geben. Ein langer, warmer und köstlicher Kuss, sehr erregend, auch wenn er mich danach ein wenig frustriert zurücklässt.

24. Dezember

Festtagsstimmung, die ganze Stadt hat sich herausgeputzt, sie wirkt aber eher wie ein riesiger Jahrmarkt, all die geschmückten Bäume, die die Glitzergirlanden bestimmt schrecklich finden, nicht mal nachts haben sie Ruhe vor dem Geblinke, an Schlaf ist nicht zu denken. Selbst die Vögel halten das grelle Licht nicht mehr aus, das durch das kahle Geäst in ihre Nester dringt.

Der schöne François lässt es sich gutgehen. Morgens schläft er bis in die Puppen, genau wie Großmutter, während Mama einkauft und schwer beladen wieder nach Hause kommt, Zeitungen, Mineralwasser und Südfrüchte, er liebt Mangos und Avocados. Ich würde gerne mal wissen, warum Früchte Avocado heißen, das klingt wie Advokat, allerdings ohne sich mit Gesetzen auszukennen. Ich hätte gerne ein Kilo Advokaten! Mit oder ohne Robe? Nein, in einer Plastiktüte, sage ich. Und der schöne François sitzt kerzengerade auf seinem Stuhl und isst, mit gesundem Appetit und guten Tischmanieren. Der Tisch ist perfekt gedeckt, alles ist am richtigen Platz: die akkurat gebügelte Serviette, die Gabel links vom Teller, das Messer rechts davon, der Dessertlöffel oben drüber. Die Teller natürlich aus Porzellan, die Gläser aus Kristall. Zum Glück kannte Mama seine Ansprüche und hatte vorgesorgt. Das Beste ist gerade gut genug, die Tischdecke muss aus Stoff und perfekt gebügelt sein, und nach jeder Mahlzeit gewechselt werden. Einwegtischdecken sind verpönt. Und an wem bleibt das Waschen und Bügeln hängen? Dazu ein Spitzenwein, ein französischer, nicht den üblichen Fusel aus dem Karton, er nippt an seinem Glas und nickt mit dem Kopf oder schüttelt ihn. Mama macht Schulden, diese Weine sind teuer, sie ist wie ein Engel, man glaubt einen Heiligenschein über ihrem Kopf zu erkennen, vielleicht wachsen ihr sogar Flügel auf dem Rücken. Aber wegfliegen wie Peter Pan? Nein, das wird sie nicht, das gehört sich nicht. Sie schuftet rund um die Uhr, übersetzt, kauft ein und kocht. Er ist immer an ihrer Seite, hilft beim Tischdecken, entkorkt den Wein, schneidet das Brot auf, holt das Wasser aus dem Kühlschrank und schneidet das Obst klein. Und das alles mit lächelndem Gesicht und eleganten Bewegungen. Aber wenn er nicht so gut aussehen würde, müsste man sauer auf ihn sein, so einen Stress verbreitet er.

25. Dezember

Maria rennt unruhig hin und her, es gilt die Übersetzung zu Ende zu bringen, die sie nach François' Ankunft hat schleifen lassen, ein Weihnachtsmenü zu zaubern, Geschenke zu kaufen und einzupacken, ihren Liebsten zu verwöhnen, der hohe Ansprüche stellt und viel Ruhe braucht. Und sie muss Loris Launen ertragen, bei der man nie sicher sein kann, ob sie mit der Vespa wirklich in die Schule fährt oder wer weiß wohin oder wann sie wiederkommt. Wenn man etwas dazu sagt, reagiert sie aggressiv und zischt wie eine Viper. Dieser Tulù scheint kein guter Umgang zu sein, ich glaube, er hat sie gedrängt, sich den Drachen auf den Rücken tätowieren zu lassen, sein Körper ist mit Blumen-, Herzen- und Totenkopf-Tattoos übersät, von dem, was man nicht sieht, ganz zu schweigen. Wie kann man schon eine eigene Wohnung haben, wenn man noch zur Schule geht? Sind seine Eltern so reich, dass sie sich das leisten können?

Ich kann es nicht lassen, über Tulù zu lästern, das treibt Lori zur Weißglut, aber der Kobold in meinem Kopf gibt keine Ruhe. Ich kann einfach nicht tatenlos zusehen, wie Maria leidet, sie ist völlig erschöpft.

Dass sie keine Briefe mehr schreibt, bringt ihren üblichen Tagesrhythmus aus dem Takt. Sie konzentriert sich auf Flaubert, der sie mit all seinen Widersprüchlichkeiten herausfordert. François scheint sich pudelwohl zu fühlen. Er ist strahlend schön wie der Erzengel Michael, der den Drachen bekämpft. Obwohl sein Körper eher schmal ist, wirkt er mächtig, in seinen Augen lodert ein heiliges Feuer. Welche Farbe haben sie eigentlich? Schwer zu sagen, sie scheinen sich der Farbe seines Pullovers anzupassen, manchmal sind sie fast dunkelblau wie das Meer bei gutem Wetter, manchmal eher grau, als würde ein Sturm aufziehen, manchmal sogar lila wie ein Fruchtsaft in einem durchsichtigen Glas. Dazu ein Lächeln, wie wenn man an die Liebe denkt.

Kein Zweifel, Maria hat das große Los gezogen. Ein faszinierender Mann. Ein ganz anderes Kaliber als dieser Schweinehund, der sie ohne Geld hat sitzen lassen, damals, als Lori gerade mal vier Jahre alt war. François ist wie eine Gabe Gottes. Auch wenn er nicht gerade großzügig ist. Sonst wirkt er perfekt, der schöne François: Er spricht langsam und deutlich, ein gewähltes Italienisch, den französischen Akzent hört man kaum, er lächelt wie ein Engel, bewegt sich geschmeidig wie ein Tangotänzer, hilft beim Tischdecken und Abräumen, trägt das Mineralwasser nach Hause, verlässt das Bad ohne ein Härchen zu hinterlassen, geht oft alleine aus und kommt immer mit einem Buch in der Hand zurück. Er geht gerne spazieren, sagt er. Seine eleganten Schuhe wirken weich, scheinen auf Maß gemacht, extra für seine schmalen feingliedrigen Füße. Er trägt nie Socken, hin und wieder sieht man seine filigranen Fußknöchel am Ende des Hosenbeins weiß leuchten, ein merkwürdiger Kontrast zu seinem muskulösen Körper. Die Knöchel wirken irgendwie schüchtern, als müsse man sie beschützen. Merkwürdig, dass er selbst im Winter keine Socken trägt. Trotzdem riechen seine Füße nicht, wenn er die weichen Schuhe auszieht. Es scheint, als wäre er schon mit ihnen an den Füßen auf die Welt gekommen, sie passen wie angegossen, ideal, um einen halben Meter über dem Boden zu schweben, wie Hermes, der Götterbote, der sich mit seinen geflügelten Stiefeln schnell und lautlos bewegen konnte. François ist ein wahrlich göttlicher Mann.

26. Dezember

Mein allerschönstes Geschenk ist ein kleiner Hund aus dem Tierheim, dort wo ausgesetzte Tiere versorgt werden, wie Mama sagt, eine behaarte Wurst mit schwarzer Schnauze und lebendigen klugen Augen. Jetzt tappt er schwanzwedelnd durch die Wohnung, glücklich, dass ihn jemand aus diesem Gefängnis geholt hat, ihn streichelt, mit ihm kuschelt und ihn füttert. Und wer hat ihn mir geschenkt? Nicht zu glauben, aber der schöne François hat durch Mama von meinem Wunsch erfahren und hat ihn aus dem Tierheim geholt, scheren und waschen lassen. Als er ihn mir gestern in die Arme gelegt und gesagt hat, ich weiß, wie sehr du dir einen Hund wünschst, bin ich vor Glück durch die Wohnung gesprungen, dieser Mann weiß genau, wie man Frauen für sich einnimmt. Und wie machen wir es, wenn du nicht da bist?, fragt Mama, aber ich habe eine Lösung gefunden und einen Korb hinter den Sitz der Vespa geschraubt, damit ich ihn mitnehmen kann. Ich habe den Wollknäuel hineingesetzt, er war begeistert und hielt seine Ohren in den Wind. Er heißt Prometheus, aber ihm wird kein Vogel die Leber aus dem Körper fressen, das kann ich ihm garantieren. Der Tierarzt meinte, er sei ein Weibchen, aber ich habe ihm trotzdem einen männlichen Namen gegeben, Promethea klingt schrecklich. Prometheus kann doch auch eine Frau sein, oder? Er erkennt schon meine Stimme, wenn ich von Weitem rufe, er springt auf meinen Schoß und leckt mein Ohr, wenn ich ihn in den Arm nehme. Ein glücklicher Hund, etwa fünf Monate alt, obwohl er mir schon ziemlich erwachsen vorkommt. Prometheus scheint klar zu sein, dass sein Schicksal die Gefangenschaft ist und hat sich gefügt. Er spürt instinktiv, wann ich mit ihm herumtollen will und wann nicht, dann rollt er sich unter dem Tisch zusammen, legt den Kopf auf meine Füße und schläft ein.

30. Dezember

Wir haben Prometheus im Haus, Lori wollte den jungen Hund, den François ihr zu Weihnachten geschenkt hat, unbedingt so nennen. Ein lebhaftes Kerlchen, er tollt ständig herum und leckt und knabbert alles an, was ihm vor die Schnauze kommt, seine Lebensfreude ist ansteckend, aber auch etwas nervig. Und wer geht mit ihm raus? Noch lässt Lori Prometheus keinen Moment aus den Augen, sie nimmt ihn auf den Arm, wiegt ihn hin und her. Wenn sie mit der Vespa wegfährt, setzt sie ihn in einen hinter den Sitz geschraubten Korb. Der Kleine ist immer und überall dabei, er versteht alles, was Lori ihm sagt und wedelt bestätigend mit dem Schwanz. Er ist eine Kreuzung aus einem Pudel und einer Promenadenmischung, keine Ahnung, jemand hat ihn in einen Müllcontainer geworfen, ein anderer hat ihn dort gefunden und ins Tierheim gebracht, wo er in einen Käfig gesteckt wurde. Er ist ständig in Bewegung, bellt selten und scheint einen siebten Sinn zu haben, wann er etwas darf und wann nicht. Die Strategie eines Streuners, ein Überlebensinstinkt. Er will sich beliebt machen, das ist unverkennbar. Auf mich wirkt er wie ein Männchen, aber Lori war beim Tierarzt, und der hat gesagt, Prometheus sei eine Hündin und müsste eigentlich Promethea heißen. So ein Quatsch, wer kommt denn auf so was? Natürlich meine Tochter Maria, die sich bestens in der griechischen Mythologie auskennt und Lori immer wieder Sagen erzählt hat.

Wie es aussieht, hat sie ihren Flaubert fast fertig übersetzt, sie korrigiert gerade und will termingerecht vor Neujahr abgeben, das hat sie jedenfalls gesagt und dabei mit den ausgedruckten Seiten gewedelt. Ein Wunder, da sie sich parallel dazu auf den Urlaub mit François vorbereitet, gleich im neuen Jahr wollen sie nach Holland, keine Ahnung, warum sie ein so langweiliges Land ausgesucht haben, ihre Sehnsucht nach Exotik scheint vorbei, vielleicht sind sie auch vorsichtiger geworden, gerade in den Traumzielen hat die Terrorismusgefahr besorgniserregende Ausmaße angenommen. Der Tourismus konzentriert sich wieder stärker auf das alte Europa, Venedig mit seinen Kanälen und Palästen platzt aus allen Nähten, die Schaulustigen laufen sich die Sohlen platt, die Kanalisation läuft von ihrer Scheiße fast über. Das vergisst man immer. Touristen bringen zwar Geld, aber auch Fäkalien, die die Flüsse in stinkende Kloaken verwandeln und schließlich im Meer landen.

Es gibt Neuigkeiten von der Bäckerfront: Simone hat eine Freundin gefunden, es ist erst mal vorbei mit der Küsserei im Hinterzimmer. Ich habe ihn gefragt, ob es mit dieser Giusy im Bett klappt, aber er hat nur schmallippig geantwortet: fast. Wie, fast? Was soll das heißen? Aber mehr hat er nicht gesagt und dann geheimnisvoll gelächelt. Er hat mir ein Foto von ihr gezeigt, sie ist spindeldürr, leichenblass und trägt eine riesige Brille, die fast ihr ganzes Gesicht verdeckt. Sie will mich heiraten, sagte er, und Kinder haben, sie ist die Einzige, bei der ich keinen Stress habe, bei ihr habe ich das Gefühl, mit mir selbst zu schlafen, deshalb klappt's, glaube ich, aber deine Küsse vermisse ich, Gesuina. Sie fehlen mir auch, das kannst du mir glauben. Können wir nicht ab und zu eine Ausnahme machen? Du weißt schon … dabei lächelte er verschmitzt und ich musste lachen. Er sah aus wie der Fuchs, der eine fette Henne entdeckt hat. Schauen wir mal, habe ich gesagt, warten wir's ab, wenn mir danach ist, melde ich mich.

François wäre perfekt fürs Küssen, aber er scheint treu wie Gold zu sein, außerdem widmet er sich zunehmend Prometheus, er setzt das Hündchen auf seinen Schoß, lässt sich das Gesicht ablecken und lacht dabei glücklich, als hätte er sich selbst ein Geschenk gemacht und nicht der Tochter der Frau, die er liebt. Und er hilft Maria bei den Vorbereitungen für die Reise nach Holland. In dieses platte Land voller Wasser und voller Überraschungen. Das erste Ziel ist Amsterdam, dort wollen sie das Van-Gogh-Museum besuchen, dann geht's nach Utrecht zu den Resten des römischen Kastells, dem *Castellum* aus dem Jahre 47 n. Chr. Und zum Dom mit seinem gewaltigen Turm, später nach Den Helder ganz im Norden, zu den weißen Klippen am Meer. Davon hat er immer geschwärmt, ich habe fasziniert zugehört. Und Brueghel?, hat Maria gefragt, sie liebt Pieter Brueghel den Älteren und seine Bilder, die Geschichten erzählen, von feiernden und tanzenden Bauern, Hochzeiten und Jahrmärkten, Zeugnisse einer heiteren, aber auch brutalen Zeit.

Simone geht mir nicht aus dem Sinn, ich vermisse seine Küsse. Mir fehlt etwas, nicht nur seine weichen Lippen, sondern auch seine Theorien über Küsse, die die Sinne betäuben und das Herz erwärmen. Ich habe seine Stimme im Ohr, wie er mir von der Süße der Küsse vorschwärmt, von der alles verschlingenden Sanftheit. Aber es geht ums Küssen als Selbstzweck, nicht als Mittel zum Zweck, zumindest für ihn. Ist für andere Küssen das Vorspiel, eine Art Vorspeise für das folgende Liebesmahl, ist es für ihn Vorspeise, Hauptspeise und Dessert in einem. Und vielleicht hat er sogar recht. Man kann sich sattküssen, in Fantasien schwelgen und sich darin verlieren. Und wie ist es mit deiner Giusy mit Küssen?, habe ich ihn besorgt gefragt. Na ja, die heirate ich nicht wegen der Küsse, sondern weil ich ein Kind will. Schon lange? Seit Jahren, ich weiß auch nicht, warum ich so verrückt nach einem Kind bin, ich sehe es neben mir herlaufen, in seinen kurzen Hosen, ich spüre seine kleine weiche Hand in meiner und dann bin ich glücklich. Nur Küsse und doch Kinder, du bist schon komisch, sage ich. Er lächelt nur. Wenn man einen Sohn mit Küssen zeugen könnte, wäre ich sofort dabei. Hast du denn schon mit Giusy geschlafen?, frage ich. Nein, nie. Nie? Nie. Gesuina, ich halte den Liebesakt für oberflächlich und banal, ruck zuck ist alles vorbei, alles arbeitet auf ein Ziel hin. Wo ist da die Sinnlichkeit und das Feuer eines Kusses? Und wie willst du ihr dann ein Kind machen? Das wird schon werden, irgendwann werden wir miteinander schlafen, aber nur um ein Kind zu machen. Mit seiner Theorie über die Küsse hat er mich angesteckt, das muss ich zugeben, der Kuss als einziger Gang des Liebesmahls, das überzeugt mich.

Gut, ciao, Simone, ich überlasse dich deiner dürren Giusy, die zwar nicht küssen, aber dir irgendwie ein Kind schenken kann. Vielleicht wie Maria, die jungfräuliche Mutter Jesu, oder mithilfe eines zuvorkommenden Kollegen, der dich nicht nur in der Bäckerei unterstützt.

15. Januar

Mama und François sind nach Holland gefahren, die Wohnung ist leer, zum Glück ist Prometheus da, der zuerst denkt, bevor er handelt. Eine gute Methode, die ich einfach nicht auf die Reihe kriege, ich beneide den Hund ein bisschen darum. Mama sagt, ich spinne, einen Hund kann man nicht Prometheus nennen, der hat nicht vorher nachgedacht. Prometheus war ein griechischer Gott, Gottvater Zeus hat ihm jeden Tag einen Adler geschickt, der tagsüber von seiner Leber frisst, die sich nachts immer wieder erneuert und am nächsten Tag beginnt alles von vorne. Vielleicht hat Mama ja recht und ich habe mit dem Namen übertrieben. Aber Prometheus passt ideal zu meinem Hund, auch wenn er ein Weibchen ist, ein Fellknäuel mit feuchter Schnauze, nicht heldenhaft und mächtig, sondern zierlich, weich und anschmiegsam. Das Hündchen jault und macht ein freundliches Gesicht, oder besser gesagt, es schneidet Grimassen. Aber irgendwas passiert mit mir. Etwas Geheimnisvolles. Und Geheimnisse müssen gewahrt werden, sonst sind sie kein Geheimnis mehr. Angst ist allerdings ein schlechter Ratgeber. Bin ich selbst das Geheimnis? Trägt mein Körper etwas in sich, das geheim bleiben muss? Das Geheimnis ist da, aber ich kann es nicht Realität werden lassen, denn sonst würde es sich zu einem Gedanken entwickeln, und ich möchte nicht an die Zukunft denken, das macht mir Angst. Manchmal möchte ich lieber sterben, natürlich ohne wirklich zu sterben, ich möchte leben, aber nichts wissen, ich möchte fliegen, aber mit den Füßen am Boden bleiben, ich weiß selbst nicht, was ich will. Ich bin ein einziges Fiasko. Ganz anders als meine Großmutter glaube ich nicht an den Zauber der Küsse, Küsse sind wie Juwelen, sagt sie, aber wer kann sich von Juwelen ernähren? Das Geheimnis bleibt geheim, weil mein Körper das so will. Ich bin voller Schwung, erfüllt von Glück und Freude, ich wusste gar nicht, dass das bei mir möglich ist. Mit Prometheus mache ich lange Spaziergänge durch die Stadt, das ist besser als weiter nachzudenken. Tulù ist großzügig, trotz seiner Allergie gegen Tierhaare darf ich den Hund mitbringen, wenn ich ihn besuche. Wenn wir zusammen Hausaufgaben machen oder Sex haben, sperren wir Prometheus in der Küche ein. Man hört ihn nicht, er rollt sich still unter dem Tisch zusammen und schläft so lange, bis ich sage: Prometheus, wir gehen! Dann springt er hoch, als wäre er ein Frosch, holt die Leine und blickt mich erwartungsvoll an, als wolle er fragen, na, worauf warten wir noch?

20. Januar

Lori ist mir ein Rätsel. Manchmal wirkt sie depressiv, in düstere, melancholische Gedanken versunken, manchmal dagegen scheint sie regelrecht Funken zu sprühen vor Lebenslust. Ob das mit Prometheus zusammenhängt? Hat er ihrem eintönigen Leben einen neuen Sinn gegeben? Sie lässt den Hund keinen Moment allein, umsorgt ihn liebevoll und geduldig, kocht Fisch und Hackfleisch für ihn, alles in Dampf gegart, und mischt es mit Reis und Olivenöl. Sie macht morgens und nachmittags lange Spaziergänge mit ihm, danach sind beide erschöpft. Lori wirft sich aufs Bett und Prometheus rollt sich auf dem Teppich zusammen.

Ich habe sie gefragt, was sie so wütend macht, aber sie hat nicht geantwortet. So ist sie eben. War sie eben noch uneins mit sich und der Welt, überschüttet sie mich im nächsten Moment mit Küssen und sagt: Großmutter, du wirst sehen, wir schaffen das schon. Aber was? Ich verstehe sie nicht, sie ist unberechenbar, sie scheint irgendetwas zu verbergen, aber was? Maria hat aus Utrecht geschrieben, es ist kalt und es regnet, aber die holländischen Städte faszinieren sie, häufig sind sie mit dem Schiff auf den Kanälen unterwegs, bei denen hinter jeder Biegung eine Überraschung wartet. Die Holländer sind nette Leute, sie haben sich schon mit anderen Paaren angefreundet. Mag ja sein, aber ich halte nicht viel von Urlaubsbekanntschaften. Sie halten den Urlaub über und dann trocknen sie aus, wie eine Wasserpfütze in der Sonne.

Ich gehe immer noch zum Bäcker und hole mein ofenfrisches Brot. Simone lächelt mich jedes Mal vielsagend an, ab und zu hat er mich ins Hinterzimmer gezogen, für einen flüchtigen geraubten Kuss. Er riecht immer noch so gut nach Mehl, Hefe und Butter. Ich weiß gar nicht, ob im Brot überhaupt Butter ist, vielleicht benutzt er sie nur für das Gebäck, das sich so gut verkauft. Seine Lippen jedenfalls schmecken immer noch nach geschmolzener Butter und Zimt.

Wie geht's Giusy?, frage ich höflich. Gut, es geht ihr gut, sie ist schwanger und wir werden bald heiraten. Also hat es geklappt? Ja, ich weiß auch nicht wie, Gesuina, aber wir haben es geschafft, und schon bald werde ich ein glücklicher Vater sein. Ein glücklicher Vater küsst nicht fremd, frotzele ich provozierend, aber er lächelt nur verschmitzt und zieht mich in seine Arme. Wir beide haben ein Geheimnis und Schluss. Und wenn ich einen anderen Bäcker finde, der ebenso gerne küsst wie du? Das würde sehr weh tun, aber ich würde dich verstehen, ich erwarte nicht etwas von dir, das ich dir selbst nicht gebe: Treue. Mach was du willst, aber erzähl es mir nicht, es würde mich verletzen. Dann hast du also doch Gefühle für mich?, frage ich fast gerührt. Ich bin verrückt nach dir, antwortet er und küsst mich wieder und wieder. Er flüstert mir das berühmte Kuss-Gedicht von

Catull ins Ohr, das ich vor Ewigkeiten mal zu Weihnachten im Theater vorgetragen habe:

Gib mir tausend und hunderttausend Küsse, / Noch ein Tausend und noch ein Hunderttausend, / Wieder tausend und aber hunderttausend! / Sind viel tausend geküsst, dann mischen wir sie / Durcheinander, dass keins die Zahl mehr wisse / Und kein Neider ein böses Stück uns spiele, / Wenn er weiß, wie der Küsse gar so viel sind.*

Das Gedicht ruft mir meine bescheidene Karriere als Schauspielerin ins Gedächtnis, wie blockiert ich mich auf der Bühne fühlte, wie lächerlich und unbegabt, aber auch meine Faszination für den muffigen Geruch der alten Vorhänge. Das Publikum war es, das mir Angst machte, die wie aus dem Ei gepellten Menschen vor mir in der Dunkelheit machten mich verlegen. Ich mag die lieber, die sich schüchtern an den Seiten drängen, ich mag die Unperfekten, die mit einer Wunde, mit einem zu großen Muttermal, Körper, die sich mir anvertrauen, die meine Hilfe brauchen, die authentisch sind, die schamhaft ihre Nacktheit verbergen und am liebsten im Erdboden versinken würden, bevor sie mir ihre Wunden zeigen. Diese Menschen und ihre Körper mag ich und deshalb wäre ich gerne Ärztin geworden. Aber alle waren dagegen, eine Frau als Ärztin, wer würde sich von dir schon behandeln lassen? Vielleicht Kinderärztin, aber mit Kindern habe ich keine Geduld, ich verstehe sie nicht und wenn sie weinen, dann rege ich mich auf, außerdem können Kinder

---

* In der Übersetzung von Eduard Mörike

nicht richtig küssen, ihre Spucke klebt in deinem Gesicht und vielleicht pinkeln sie dich sogar an. Aber kommen wir zu diesem rätselhaften Typen namens Simone zurück. Ich fühle mich ihm nah, vielleicht liebe ich ihn sogar, mir wird ganz warm ums Herz, wenn ich ihn hier sehe. Ich, die Zynikerin, die nicht an Gefühle glaubt! An die Macht geraubter Küsse, geheimer Küsse, betrogener Küsse schon. Einer und noch einer. Simone, hoch leben die Küsse!

26. Januar

Liebe Mama, liebe Lori,
um das alte Holland zu verstehen, muss man es aus dem Blickwinkel von Van Gogh betrachten, in seinen Gemälden kommt der wahre Charakter des Landes zum Ausdruck: Bauern mit lethargischen Gesichtern, die zerknitterten Mützen tief ins Gesicht gezogen, die schweren Holzschuhe an den Füßen. All das erzählt von harter Arbeit, Armut und fortwährender Nässe, die bis in die Knochen dringt und sie verformt. Der Bauer mit der Pfeife und dem roten Halstuch sieht so müde und erschöpft aus, als würde er ins Jenseits entschwinden. Die Kartoffelesser in dem düsteren Raum wirken abgestumpft, fast gefühllos, doch bei genauerem Hinsehen versteht man, dass ihre Blicke nicht feindselig sind, sondern erschöpft, sie sitzen nach getaner Arbeit um den klobigen Tisch herum beim Nachtmahl, die Stube wird nur von einer Petroleumlampe erhellt, die von der Decke herabhängt und Ausschnitte der Gesichter und der Hände der Bauernfamilie beleuchtet: Eine Frau gießt Tee ein, ein alter Mann hält eine dampfende Tasse in der Hand, die anderen stochern in der Kartoffelschüssel. Ein anderes Bild zeigt zwei Bäuerinnen beim Kartoffelgraben, tief über die Erdschollen

gebeugt, in einer kargen Landschaft im Gegenlicht. Ihre Röcke wölben sich über den Hüften. Auf einem Stillleben sind Äpfel, Kürbisse, Zwiebeln und Kohlköpfe zu erkennen. Feldfrüchte waren beliebte Motive unseres guten Vincent, bevorzugt Kartoffeln: Bei der Ernte auf dem Feld, in einem geflochtenen Weidenkorb, auf einem auf dem Boden ausgebreiteten dunklen Tuch. Auffallend ist die akribische Genauigkeit der gemalten Kartoffeln. Dicke, dünne, makellose, schiefe, saubere und verdreckte, Kartoffeln mit Löchern und Beulen. Van Gogh scheint eine wahre Obsession für Kartoffeln gehabt zu haben. Genau wie die Bauern sehen auch die Kartoffeln aus, als hätten sie wegen des ausgezehrten Bodens Hunger gelitten. Van Goghs Bauernbilder zeigen die Welt der einfachen Menschen, ihre armseligen Hütten, die gichtigen Hände, die verwachsenes knotiges Gemüse ausgraben, um zu überleben.

Ich stand lange vor dem Bildnis einer Prostituierten, die keinerlei Sinnlichkeit ausstrahlt, sie trägt ein blaues Hemd und eine Metallkette, an der ein kleines Kreuz hängt. Die noch ziemlich junge Frau ist ein bisschen mollig, die Haare hat sie im Nacken zu einem Knoten zusammengefasst, an ihren Ohren hängen Perlenohrringe, vielleicht der Lohn für ihre Liebesdienste. Bestimmt kostet es große Überwindung, einen fremden Körper ertragen zu müssen, der dich vielleicht sogar abstößt, du musst deine Sinne töten, oder nicht? Du musst deine Gefühle betäuben, aber die junge Frau auf dem Bild scheint diese uralte Kunst zu beherrschen, die Kunst der Frauen, die nichts haben außer ihren schönen Körpern. Die Entschlossenheit, die distanzierte Zartheit, mit der Van

Gogh das Holland seiner Zeit in seinen Gemälden darstellt, überrascht. Kargheit, Erschöpfung, Zwei-Klassen-Gesellschaft: Die Armen, die mit dreißig schon alt sind, mit kaputten Zähnen, Runzeln im Gesicht und von Arthritis verformten Gliedmaßen. Und auf der anderen Seite die Reichen, die Satin und Seide tragen, dazu Perücken oder Haare mit bunten Federn, auch ihre Zähne sind schlecht, aber sie haben das Geld für den Wundarzt, der sie ihnen zieht.

Die Frauen aus der Stadt wirken nicht vitaler oder sinnlicher als die Bäuerinnen mit ihren klobigen Holzschuhen, er malt sie krumm, hässlich und unförmig, aber aus ihren Gesichtern sprechen Stolz und Selbstsicherheit. Die junge Frau am Café Le Tambourin trägt einen roten Hut, der aussieht wie der Kamm eines Hahns. Gedankenverloren starrt sie ins Nichts. Das Bild strahlt keinerlei Gefühle aus, kein Mitleid, keine Solidarität, keine Freude und keine Demut, vielmehr die distanzierte Sicht auf die Realität. Van Gogh identifiziert sich mit seinen Figuren, schlüpft in ihre Rolle, egal, ob es sich um eine Bäuerin, eine Bürgerin, eine Prostituierte oder eine Obdachlose handelt.

Eine Figur, die immer wieder auftaucht, ist der Briefträger aus Arles, Joseph Roulin. Ein Mann mit von Gicht gezeichneten Händen, er trägt eine blaue Uniform mit goldenen Knöpfen, sein Bart wird von Bild zu Bild immer länger und gepflegter. Es heißt, dass der Briefträger oft bei Van Gogh zu Hause war, denn wir sehen ihn auf einem der berühmten Korbsessel sitzen, die Vincent beim Arbeiten benutzte. Van Gogh malte mit leichter Hand, sogar das Selbstporträt mit dem verbundenen Kopf, nachdem er sich das

Ohr abgeschnitten hatte. Je älter er wurde, desto ungestümer wurde sein Pinselstrich, seine Landschaften wirken unscharf, wild und verdreht, als wären sie unter dem Einfluss von Drogen gemalt worden: Über einem sturmzerzausten Weizenfeld drohen Gewitterwolken, die wie segelnde Kohlköpfe aussehen, Raben fliegen vorüber, das Licht dringt durch kleine Lücken im schwarz-blauen Himmel, der kein Mitleid zu kennen scheint. Ein farbenfrohes und trotzdem düsteres Bild, herzzerreißend und lyrisch zugleich, ein Ausdruck von Angst, vor der es kein Entkommen gibt.

Entschuldigt, vielleicht habe ich euch mit meinen Eindrücken gelangweilt, aber ich konnte die Augen einfach nicht von den Bildern meines verehrten Vincent abwenden, fasziniert von seiner Wucht und Ausdruckskraft. Ich habe noch nicht einmal gefragt, wie es euch geht. François und ich fühlen uns wohl, wir sind glücklich, gemeinsam dieses Land zu bereisen, das vom Wasser beherrscht wird, durchzogen von Kanälen und umgeben vom Meer, mal Freund, mal Feind, Segen und Bedrohung zugleich.

Wie geht es unserem, oder besser gesagt, unserer kleinen Promethea? Wer geht mit ihr raus, jetzt, da ja François nicht da ist? Ich hoffe, Lori kümmert sich um sie und nimmt sie immer noch in ihrem Korb auf der Vespa mit.

Ich umarme euch beide, genau wie François. Morgen besuchen wir das Anne-Frank-Haus. Auch davon werde ich euch erzählen.

Bis bald, Maria

2. Februar

Meine Mutter hat aus Holland geschrieben, überglücklich und blind wie ein Maulwurf, bewundernd steht sie vor ihren geliebten Bildern, aber dahinter, meine liebe Mama, was siehst du da? Kann es sein, dass du erkennst, was du erkennen willst, und das Naheliegende, was in unserer Wohnung passiert, an dir vorbeigeht? Merkst du nicht, wie hier alles drunter und drüber geht und Chaos herrscht, während du im fernen Holland den schönen François küsst? Berauscht von der Schönheit der Van-Gogh-Gemälde, aber blind für alles andere? Prometheus hat gestern den ganzen Tag gekotzt, ich musste ihn zum Tierarzt bringen, wahrscheinlich hatte er auf der Straße etwas Verdorbenes gefressen, jetzt kriegt er Infusionen und muss Diät halten, aber er nimmt alles mit einer stoischen Gelassenheit. Großmutter hilft mir überhaupt nicht, sie sagt, dass sie Hunde langweilig findet, aber das stimmt nicht, denn in unbeobachteten Momenten nimmt sie ihn auf den Schoß, streichelt und krault ihn, während sie diese Sülze in ihr Diktiergerät spricht. Ich habe sie zufällig dabei überrascht, als ich früher als erwartet nach Hause gekommen bin, keine Ahnung, was mit dem schnuckeligen Simone passiert ist, auf alle Fälle kauft sie ihr Brot jetzt woanders und hat eine platonische Beziehung übers Internet mit einem gewissen Filippo. Sie hat mir ein Foto von ihm gezeigt, ein schöner Mann, der allerdings ein bisschen blöd wirkt, hohe Wangenknochen, eine breite Stirn und ein sinnlicher Mund. Großmutter, so einem kannst du nicht trauen, habe ich ihr gesagt, du weißt, dass man Bilder im Internet klauen kann, vielleicht ist er eine gottverdammte Drecksau, wenn er dich richtig eingewickelt hat, dann will er dein Geld, und du gibst es ihm, weil du dämlich bist und in jede Liebesfalle tappst, wie ein Teenager. Aber sie lacht nur, ich verstehe nicht, warum du immer so misstrauisch bist, Lori, er hat mir nicht nur sein Foto geschickt, sondern auch seine Adresse und ein Foto seiner Familie. Dein Filippo hat eine Familie? Ja, eine Frau und zwei Töchter, aber er meint, das reicht ihm nicht, er braucht einen klugen Kopf, mit dem er sich austauschen kann. Und dieser kluge Kopf sollst etwa du sein, Großmutter? Warum wundert dich das? Was die Liebe angeht schon, da fällst du auf jeden rein. Du täuschst dich, Schätzchen, ich weiß, was ich tue und was ich besser lasse, ich gehe niemandem auf den Leim. Das wünsche ich dir, Großmutter, habe ich ihr gesagt, aber sie hört mir nicht zu, geht unbeirrt ihren Weg, eine Sechzigjährige, die die Liebe und das Küssen liebt, ich hoffe nur, dass ihr diese Typen aus dem Internet nicht das Geld aus der Tasche ziehen. Ich hätte so gerne eine normale Großmutter, eine wie alle anderen auch, die nur an ihre Enkel und deren Zukunft denkt, meinte ich noch und sie hat nur gelacht und mit den Schultern gezuckt.

10. Februar

Ich will eine normale Großmutter, sagt meine Enkelin, um mir ein schlechtes Gewissen zu machen. Eine Großmutter, die sich für ihre Enkel aufopfert, das willst du, liebe Lori, aber da kannst du lange warten, denn ich bin ein freier Mensch, der tun und lassen kann, was er will. Was denkt sie sich dabei? Glaubt sie etwa, sie sei der Mittelpunkt der Welt? Die andere kommt wohl nie mehr nach Hause, Maria reist mit dem Mann ihrer Träume kreuz und quer durch Holland, während hier das Essen anbrennt und die Badewanne überläuft, ohne sie geht alles den Bach runter. Vor allem seitdem es diesem Hundevieh so schlecht geht und es überall nach Kacke und Kotze stinkt. Mit Simone ist es schwieriger geworden. Er hat inzwischen Giusy geheiratet und hört nicht auf, von seinem Kinderwunsch zu reden, auf der anderen Seite will er nicht auf das Küssen verzichten, seine Theorien werden immer abenteuerlicher. Letztens meinte er, Giusy sei gar nicht schwanger, er habe nur damit angegeben, um seine Potenz zu beweisen. Ich lenke mich mit Filippo ab, der schon Kinder hat und eine ruhige Ehe führt, in der gegenseitige Toleranz herrscht, sagt er. Vom Küssen schreiben wir nur. Aber auch Worte können sinnlich sein, genau wie echte

Küsse, und wir lieben uns per Mail, in gegenseitiger Hingabe, ohne uns jemals gesehen zu haben. Er ist ein äußerst sensibler Mann, vielleicht nicht besonders gebildet, als ich ihm von Mirandolina erzählt habe, meinte er, Mirandolina? Ist das eine Freundin von dir? Ich glaube nicht, dass er jemals im Theater war. Er ist im Kaffeehandel tätig, kauft Kaffeebohnen in Lateinamerika und verkauft sie auf dem italienischen Markt. Wenn ich seine Mails öffne, kann ich förmlich den Kaffeeduft riechen, der ihn umgibt. Er erzählt mir von Kaffeemischungen und von den Arabica-Hochland-Kaffees, die ursprünglich aus Afrika kommen und weniger Koffein haben, der botanische Name ist *Coffea arabica*. Die Robusta-Kaffees dagegen, botanisch *Coffea canephora* oder *Coffea robusta*, stammen zwar ebenfalls aus Afrika, werden aber vorwiegend im Flachland angebaut, sie sind kräftiger im Geschmack und enthalten mehr Koffein. Nicht zu vergessen der *Coffea liberica* aus Liberia und der *Coffea racemosa* aus Kamerun. Das Wort Kaffee, erklärt mir Filippo, der alles über Kaffee, aber kaum etwas über Theater oder Musik weiß, kommt ursprünglich vom arabischen *qahwa*, wurde später von den Türken in *Kahve* abgewandelt, bis es schließlich zu Kaffee wurde. Man sagt dem Getränk Heilkräfte nach, selbst Mohammed soll von einer schweren Grippe genesen sein, nachdem er mehrere Tassen Kaffee getrunken hatte. Filippo war glücklich, mir etwas erzählen zu können, was ich noch nicht wusste. Sein Wissen über Kaffee überrascht mich. Er weiß alles, von seinen Ursprüngen, den Anbaugebieten, den weltweiten Produktionsmengen, bis hin zur Geschichte des heiligen Getränks. Du musst wissen, erklärte er mir, dass Kaffee zunächst nur in Afrika angebaut wurde und die Pflanze erst im 18. Jahrhundert nach Lateinamerika kam, sich dort aber rasch verbreitete. Die Engländer waren die ersten, die Kaffee zu ihrem Nationalgetränk gemacht haben, im 17. Jahrhundert gab es in jeder Villa ein *coffee house*. Die beste Kaffeemischung besteht aus 250 Gramm Puerto Rico, 100 Gramm Santo Domingo und 150 Gramm Mokka. Das sagt zumindest Artusi, der berühmte Kochbuchautor. Der kostbarste Kaffee der Welt, der *Kopi Luwak*, wird in Indonesien produziert und so weiter und so fort. Filippo füllt meinen Kopf mit seinem Wissen, das berührt mich, weil Kaffee für ihn alles ist, Beruf, Leidenschaft, Sinnlichkeit. Und er ist ein guter Erzähler. Auf der Suche nach den besten Sorten habe er im Hodeyda, der Heimat des Mokka, Strafgefangene gesehen, die an den Fußknöcheln mit einer Kette gefesselt waren. Aber warum? Weil dort so große Armut herrscht, dass sie keine Gefängnisse unterhalten können, die Gefangenen müssen in Fesseln herumlaufen, ohne Schuhe, aber an eine Eisenkugel geschmiedet, die sie hinter sich herziehen. Ohne Geld, ohne Dach über dem Kopf, ohne Versorgung. Unglaublich, aber wahr, oder?

15. Februar

Meine geliebte Gesuina, meine geliebte Lori,
hier regnet es, oder besser gesagt, es hagelt, die Eisklümpchen schlagen durch die Schirme und machen die Straßen zu Rutschbahnen, die Passanten haben Probleme, sich auf den Beinen zu halten, vor allem Alte und Kinder. Ich passe auf und bin noch nicht gestürzt, aber ratet mal, wer? Genau, François, der elegante und gelenkige François, der beim Laufen nicht auf den Boden schaut, sondern zu schweben scheint. Er ist ausgerutscht und hat sich beim Sturz einen faustgroßen blauen Fleck am rechten Bein zugezogen. Zum Glück war nichts gebrochen, und als er sich aufgerappelt hatte, mussten wir lachen und haben uns umarmt, dabei sind wir beide hingefallen. Zum Trocknen und um uns aufzuwärmen, sind wir in ein Café gegangen und haben heißen Punsch getrunken.
Wir waren im Anne-Frank-Haus, das Mädchen mit dem Tagebuch, das ich als Kind mit so viel Leidenschaft gelesen habe. Aber ich war enttäuscht. Heute ist das Haus ein Museum, man muss Eintritt bezahlen, kann Postkarten, T-Shirts mit ihrem Namen und einen Führer kaufen, der etwas über ihre Geschichte erzählt. Die Fotos an den Wänden und die

Filme, die die Geschichte Hollands unter dem Nazi-Regime erzählen, sind hingegen sehr interessant. Sie zeigen die Durchsuchungen der Häuser, die Verhaftungen der Juden, die dann in verplombten Güterwaggons nach Auschwitz oder Bergen-Belsen deportiert wurden. Genau wie es der armen Anne passiert ist, die in ihrem Tagebuch erzählt, wie sie sich mit ihrer Familie in einem Amsterdamer Hinterhaus versteckt hielt und voller Angst darauf wartete, dass eine Helferin sie mit dem Notwendigsten versorgte. Ohne diese Frau wären sie und ihre Familie verhungert. In erzwungener Stille hausten sie in drei kleinen Zimmern, die Zugangstür war mit einem Bücherregal getarnt. Doch es wurde von Tag zu Tag schlimmer, die Lage spitzte sich zu, die Nervosität stieg, das Zusammenleben wurde nahezu unerträglich. Man begann sich über Kleinigkeiten zu streiten, ein verschüttetes Glas Wasser, ein nasses Handtuch, das aus Versehen auf einem Stuhl liegen geblieben war, ein Kanten Brot, der aus dem Regal verschwunden war, ein Buch, das zwei Bewohner gleichzeitig lesen wollten. Und eines Tages wurde das Versteck verraten, wie es heißt, von einer Putzfrau, die dem NS-Regime treu ergeben war und Spitzeldienste leistete. Die Bewohner des Hinterhauses wurden verhaftet, Anne Frank wurde nach Bergen-Belsen in Niedersachsen deportiert und dort in einer Baracke mit Stockbetten untergebracht, ohne Matratze, nur mit einer verschwitzten Decke voller Flöhe. Zusammen mit Kriminellen, politischen Gefangenen, Zigeunern, Zeugen Jehovas und Homosexuellen, von ihrer Familie und allen Bekannten getrennt. Danach ist wenig von Anne bekannt. Man nimmt an, dass sie kurz nach ihren Eltern und ihrer Schwester Margot in die Gaskammer gegangen ist. Insgesamt starben im KZ Bergen-Belsen mehr als 50.000 Menschen, darunter auch Anne Frank, das dunkelhaarige Mädchen mit dem unschuldigen Lächeln und den glänzenden Augen voller Lebensfreude. Nur der Vater hat überlebt, er veröffentlichte das Tagebuch, damit die Welt niemals vergisst, was während des letzten Krieges unter der Schreckensherrschaft der Nazis geschehen ist.

20. Februar

Test, Test … ich habe die Batterien gewechselt, aber warum funktionierst du immer noch nicht, du dummes Ding? Test, Test, Test, ja, ja? Klappt's jetzt? Ah, endlich, es läuft wieder, fast hätte ich dich entsorgt … also, weiter im Text. Auch wenn ihr geliebter François jetzt an ihrer Seite ist, hat uns Maria einen weiteren Brief geschrieben. Zu Hause geht es derweil drunter und drüber, Lori und ich müssen alles selbst machen, einkaufen, spülen, aufräumen, Betten machen, Rechnungen bezahlen, all dieses lästige Zeug. Wann kommt ihr denn endlich wieder, verdammt noch mal, ihr seid schon fast zwei Monate weg? Kann es sich François Colin überhaupt leisten, so lange Urlaub zu machen? Er hat gesagt, er hätte in den letzten Jahren so viel gearbeitet und jetzt seinen gesamten gesparten Urlaub genommen, insgesamt zwei Monate. Weiß er denn nicht, dass Maria wieder übersetzen muss und uns nicht so lange allein lassen kann? Jetzt, wo auch noch der Köter krank ist und alles vollgeschissen hat. Ich habe mich geweigert, das wegzuwischen. Du hast den Hund gewollt, Lori? Dann musst du jetzt auch saubermachen! Und Lori hat geputzt, unter Protest natürlich. Ich nehme an, insgeheim bereut sie das mit dem Hund, aber mittlerweile ist er ihr ans Herz gewachsen, Prometheus oder Promethea, egal, wie der Hund jetzt wirklich heißt, schläft in ihrem Bett und sitzt mit uns am Tisch.

Simone schickt mir massenhaft SMS und WhatsApps, er schreibt, wie sehr ihm unsere Küsse fehlen, dass seine Frau ihm kein Kind schenken kann, obwohl er sein Bestes gibt, aber ich glaube, dass nicht sie, sondern seine Impotenz daran schuld ist. Er behauptet, dass es mit dem Sex nur klappt, wenn er sich dabei vorstellt, mit sich selbst zu schlafen. Zugegeben, ein bisschen lächerlich finde ich das schon, Schadenfreude ist ja bekanntlich die schönste Freude. Meine Beziehung mit Filippo funktioniert wunderbar. Wir schreiben uns ständig und er hat mir ganz süße Fotos geschickt, wie er den Weihnachtsbaum schmückt, er schwärmt von seinen zwei Töchtern, die ihm dabei helfen, wunderschöne rote Kugeln an die Tanne zu hängen. Er schreibt, dass er noch mit seiner Frau zusammenlebt, aber sie seit Jahren keinen Sex mehr hätten, sie lebten zwar im gleichen Haus, hätten aber getrennte Schlafzimmer. So richtig glaube ich ihm das nicht, aber das gehört zu unserem Spiel, und ich spiele gerne, auch wenn es gefährlich ist. Filippo ist bestimmt nicht so attraktiv wie François und wird auch nicht die vollen Lippen und das zärtliche Lächeln von Simone haben, das stelle ich mir zumindest so vor. Deshalb will ich ihn auch nicht persönlich kennenlernen, obwohl er es sich wünscht. Ich will mir lieber die Illusion bewahren. Wenn ich seine Mails öffne, überläuft mich ein sanfter Schauer, seine Worte erfüllen mich mit Wohlgefühl. Ist das Liebe? Ist das Leidenschaft? Ich weiß es nicht, aber es tut mir gut zu spüren, wie es mir den Rücken hinaufkriecht. Irgendwann hat mir ein Freund, der einen Hang zu fernöstlichen Religionen hat, von der Schlange Kundalini erzählt, die zusammengerollt am unteren Ende der Wirbelsäule ruht. Nur wenn sie geweckt wird, rollt sie sich entlang deiner Wirbelsäule auf und bläst dir ihren heißen machtvollen Atem bis ins Gehirn.

21. Februar

Geliebte Lori, geliebte Gesuina,
wir packen gerade die Koffer für die Rückreise, was mir einerseits leid tut, andererseits freue ich mich, euch wiederzusehen. Ich habe einen Haufen Fotos gemacht, ihr werdet staunen. Ich habe auch Tulpenzwiebeln gekauft, in unglaublichen Farben, eine wahre Pracht, für unseren Nordbalkon wären sie perfekt. Die Tulpe ist das Symbol für dieses Land, den klumpigen schweren Boden, aber auch die sprühende Heiterkeit. Eine merkwürdige Blume, robust und filigran zugleich, wie hauchfeines Porzellan, metallisch glänzend und in wunderbaren Farben, aber ohne Geruch. Wieso haben die Holländer gerade diese merkwürdige Pflanze zum Sinnbild ihres Landes gemacht? Ich lese, dass die Tulpe ursprünglich aus der Türkei kommt und in der Mitte des 16. Jahrhunderts von einem flämischen Diplomaten nach Europa gebracht worden ist. Er hat einige Zwiebeln an den in Frankreich geborenen Botaniker Charles de l'Écluse verschenkt, der sie in die fruchtbare Erde seiner niederländischen Wahlheimat steckte und die Blume dort populär machte. Der Name Tulpe kommt vom türkischen *tullband*, was ursprünglich Turban bedeutet, komisch, was? Eine so nordisch wirkende Blu-

me, die aus dem Süden, dem Orient stammt. Eine türkische Legende besagt, dass die Tulpen aus den Blutstropfen eines jungen Mannes stammen, der sich aus enttäuschter Liebe umgebracht hat. Romantisch, oder? In einer Broschüre im Hotel habe ich gelesen, dass die rote Tulpe eine Liebeserklärung symbolisiert, die gelbe die unglückliche Liebe, die gesprenkelte die Ritterlichkeit und die violette die Bescheidenheit, für den, der schenkt, und den, der beschenkt wird. Ob ich wollte oder nicht: Ich musste Tulpenzwiebeln für zu Hause kaufen.

Wir fliegen am Montag zurück und haben schon ein Taxi bestellt, das uns zum Abendessen nach Hause bringt. Bis bald, in Liebe, Maria

22. Februar

Was soll ich tun? Wie soll ich es ihnen sagen, Mama wird daran zugrunde gehen, das weiß ich jetzt schon, Großmutter wird mich beschimpfen. Gut, ich könnte es verschweigen und mich alleine damit auseinandersetzen, aber können Geheimnisse überhaupt geheim bleiben? Können sie wie Bonsais in uns wachsen und niemals nach außen dringen? Der einzige Mensch, mit dem ich überhaupt darüber reden kann, ist Großmutter, sie wird mich verstehen, sie ist kein Moralapostel und kennt die Urgewalt der Liebe, sie werde ich einweihen, aber wann? Am Montag kommen die Turteltauben zurück, dann ist es zu spät, ich muss mich jetzt entscheiden.

23. Februar

Es gibt etwas Neues, es ist schier unglaublich: Lori ist schwanger. Von wem? Da würde niemand drauf kommen. Aber ich weiß es, ich habe so lange gebohrt, bis sie es mir verraten hat. Der Vater ist François, aber er weiß nichts davon. Ich habe es geahnt, für so was habe ich ein Gespür, aber es einfach nicht wahrhaben wollen. Fakt ist jedenfalls: Die kleine Lori ist von dem Lebenspartner ihrer Mutter schwanger, dem schönen, scheinheiligen François, der Maria umschwärmt und *mon amour* nennt und dabei heimlich ihre siebzehnjährige Tochter geschwängert hat. Unglaublich, aber wahr. Total verrückt. Aber wie soll man das Maria beibringen? Meine vergeistigte Tochter, die mit ihrem Flaubert über den Wolken zu schweben scheint. Sie könnte an der Wahrheit zugrunde gehen.

Großmutter, was meinst du, ich treibe es ab und niemand erfährt etwas? Überleg dir das gut, ein Kind würde es bei uns gut haben, meinte ich.

Aber wie soll ich es Mama sagen? Das ist die Sache von François, immerhin ist er für dieses Drama verantwortlich. Aber Mama würde das nicht überleben, Großmutter, es ist einfach passiert, nur ein einziges Mal, ruck zuck, da war keine Liebe im Spiel, das schwöre ich dir. François hat mir von Anfang an gefallen, aber ich wollte ihn Mama nicht wegnehmen, ich wollte nur seinen schönen Körper spüren, ich hatte Lust auf ihn und irgendwann hatte er auch Lust auf mich, wir brauchten nur einen Blick, um uns zu verstehen. Erzähl keine Märchen, du hast alles getan, um ihn zu ködern, ich habe doch gesehen, wie du ihn angemacht hast, aber ich dachte, du hättest keine Chance, ich war überzeugt, dass François Maria treu ist, aber da habe ich mich ganz schön getäuscht. Aber mit ihrer eigenen Tochter, das geht nun doch zu weit. Und jetzt bist du schwanger, was dem Ganzen die Krone aufsetzt.

28. Februar

Großmutter meint, ich dürfte nicht abtreiben, aber allein der Gedanke, meiner Mutter diesen Schock zu versetzen, macht mich krank, ich weiß auch nicht, wie das passieren konnte, ich hätte niemals gedacht, dass ich von diesem einen Mal schwanger werden würde, aus reiner Lust, ohne nur das mindeste Gefühl von Liebe. Großmutter meint, das stimme nicht, ich hätte François schöne Augen gemacht, sie warf mir sogar vor, ich hätte Mama damit eins auswischen wollen, aber warum sollte ich? Ich wollte ihn nur probieren, wie wenn man in eine exotische Frucht beißt, die einem das Wasser im Mund zusammenlaufen lässt. Ich wollte nur mal kosten, mehr nicht, aber dieser Biss hat Spuren in meinem Bauch hinterlassen, mit ungeahnten Folgen. Jetzt stecken wir in echten Schwierigkeiten. Lenk nicht ab, du bist ein ganz durchtriebenes Luder, deiner Mutter so etwas anzutun, es gibt doch genug attraktive Männer auf dieser Welt, warum musste es unbedingt ihr Freund sein? Großmutter, du kannst mir glauben, ich habe nicht nachgedacht, es ist einfach über mich gekommen, das Verlangen, wir haben uns in die Augen geschaut und es ist passiert, das war alles. Und wo habt ihr es gemacht? Na ja, Tulù war im Urlaub, ich hatte seine

Wohnungsschlüssel, wir konnten in sein Bett. Ihm muss ich auch von diesem Kind erzählen und ihn glauben lassen, es sei von ihm, und alles hätte seine Ordnung, Großmutter, Tulù würde nicht daran zweifeln, für François wäre das auch die beste Lösung. Aber warum habt ihr kein Kondom benutzt? Wir haben nicht daran gedacht, das ging alles so schnell, eigentlich wollten wir es gar nicht, es war nur plötzliches Verlangen, ich weiß, dass er Mama liebt und nicht mich und deshalb werde ich schweigen, ich will ihre Beziehung nicht gefährden. Vielleicht ist Tulù sogar stolz darauf, Vater zu werden und heiratet mich? Keine Ahnung, aber ich denke, wohl eher nicht, letztens erst hat er mir gesagt, dass er nach Deutschland gehen will, sobald er mit der Schule fertig ist, um einen Job zu finden. Ich kann mir nicht vorstellen, dass er sich von einem ungewollten Kind aufhalten ließe. Geheimnisse bleiben nie geheim, mein Kind, eines Tages kommen sie ans Licht, vielleicht Jahre später, aber dann wird der Schock für deine Mutter noch schlimmer sein, von François und von dir betrogen worden zu sein … und denk doch mal an Tulù, der damit gar nichts zu tun hat, und an das arme Kind, das in ein Netz aus Lügen hineingeboren wird? Du hast ja recht, Großmutter, aber ich weiß wirklich nicht, wie ich es Mama sagen soll. Kannst du das nicht machen? Nein, du hast dir die Suppe eingebrockt und musst sie auch auslöffeln. Ehrlichkeit zahlt sich aus. Meistens zumindest.

2. März

Mama ist zurück, François ist bei ihr, leicht gebräunt und schöner denn je. Sie haben Händchen gehalten und die Koffer in die Wohnung gebracht. Ich habe Tulpenzwiebeln mitgebracht, hat Mama als Erstes gesagt und mich in den Arm genommen, und handgemachte Holzschuhe, ich habe sie auch umarmt. François wirkte erst ein bisschen verlegen, dann hat er mich ebenfalls umarmt, als ob zwischen uns nichts passiert wäre. Heute Morgen habe ich mit Großmutter über den Körper und seine Bedürfnisse diskutiert, ich meinte, der Körper nimmt sich, was er braucht, aber sie hat widersprochen, der Körper würde vom Gehirn gesteuert, genau wie das Verlangen und die Lust: Vergiss das nie, sonst wirst du zum Tier. Doch selbst Tiere halten ihr Verlangen zurück, aus angeborenem instinktiven Schutzbedürfnis gegenüber der Herde. Weißt du, was Sublimation ist? Diesen Begriff hat man uns Frauen eingebläut. Was meinst du damit, Großmutter? Sublimation bedeutet Kultivierung, man muss seine Urinstinkte kennen und sie in zivilisierte Gedanken verwandeln. Das Leben ist ein ständiges Lernen, mit dem Ziel, seine Triebe in den Griff zu bekommen und ein Bewusstsein für Sitte und Anstand zu entwickeln. Wirst du jetzt zur Moralistin, Großmutter? Ach was, weißt du überhaupt, was Bewusstsein bedeutet? Man muss die Konsequenzen seiner Handlungen kennen, wenn du bewusster gehandelt und an Sublimation gedacht hättest, wärst du nicht in diesen Schlamassel geraten. Da hat sie nicht unrecht, meine zynische Großmutter, die zwar so tut, als wüsste sie Bescheid, aber im Grunde nur ihrer eigenen merkwürdigen Linie folgt und trotz aller Hindernisse nie aus dem Tritt gerät.

3. März

François ist wieder weg und Lori hat immer noch nicht mit Maria gesprochen. Ich bin versucht, es selbst zu übernehmen, aber wer die Eier zerschlagen hat, muss auch das Omelett machen. Ich, das schwarze Schaf in der Familie, ich, die sich alle Freiheiten nimmt und überall aneckt, bin in den Augen meiner Enkelin die Richtige, den Familienfrieden wiederherzustellen. Lächerlich! Aber die Wahrheit muss auf den Tisch! Man löst ein Problem nicht, indem man es versteckt. Auf Marias Schreibtisch habe ich ihre akkurat angeordneten Notizbücher gesehen, daneben die Bücher von Flaubert und darüber den Füller, die Bleistifte und den Radiergummi, exakt nebeneinander, und den Laptop natürlich, der zum Einsatz kommt, wenn sie mit den Notizbüchern fertig ist. Eine Ordnungsfanatikerin, auffallend gebildet in Sachen Literatur, aber blauäugig, was das Leben angeht. François tut, als wäre nichts gewesen, was ist schon ein kurzer Ausrutscher? Aber wenn daraus ein Kind entsteht, ist das etwas anderes, mit unvorhersehbaren Folgen. Wie wird Maria reagieren, wenn sie erfährt, dass ihr geliebter François ihrer geliebten Lori ein Kind gemacht hat?

20. März

Gestern habe ich mich neben Mama an den Tisch gesetzt, die gerade Bohnen geschält hat, um mit ihr zu reden, ich habe angefangen, aber sie war mit ihren Gedanken ganz woanders und mir war klar, dass das nicht der richtige Moment war. Aber wird es den überhaupt geben? Die Tage vergehen, François ist wieder in Lille und Mama schreibt ihm lange Liebesbriefe, ich schaue sie an und komme mir wie ein Wurm vor, aber Würmer sind blind und ständig am Fressen, ohne zu wissen, was die Zukunft bringt. Was wäre, wenn ich eine Raupe wäre, die unbeholfen über den Boden kriecht, in der Gewissheit, dass sie sich bald in einen Schmetterling verwandeln und wegfliegen wird? Mein Kopf fährt Karussell, die Gedanken schwirren hin und her. Was soll ich tun? Wie soll ich mich entscheiden? Großmutters Rat folgen oder schweigen und Tulù unterjubeln, dass es sein Kind ist? Und einfach die Augen zumachen und warten, wie es weitergeht? Oder doch abtreiben, nicht mehr lügen müssen, und das Problem ein für alle Mal aus der Welt schaffen: Kein Kind, keine Lügen, kein Betrug, keine Wahrheit, die ans Licht muss. Mit dem Auslöschen eines Lebens wären alle Probleme gelöst, oder?

30. März

Ich habe Lori gefragt, ob sie mit ihrer Mutter gesprochen hat, aber sie hat nur den Kopf geschüttelt. Inzwischen sind drei Monate vergangen und die Idee mit der Abtreibung wird immer unrealistischer. Ich fürchte, sie wird den bequemsten Weg gehen und das Kind Tulù unterschieben und François außen vor lassen. Um ihre Mutter nicht zu schockieren. Aber was wäre dadurch gewonnen? Einerseits wäre es armselig und verlogen, andererseits käme die Wahrheit nach ein paar Jahren doch ans Licht und die Folgen wären noch fataler. Lügen haben kurze Beine, Lügen kommen immer heraus und das Ergebnis sind Hass und Rachegelüste. In der Zwischenzeit ist der arme Prometheus gestorben. Niemand weiß, was er gefressen hat, wahrscheinlich Mäusegift. Lori ist verzweifelt, sie hat ihn in den Park gebracht und ein Loch ausgehoben, um ihn zu begraben, und danach hat sie ein Gebet gesprochen. Maria glaubt, sie sei so verzweifelt, weil ihr Hund gestorben ist, den wahren Grund ahnt sie nicht, dass sich in Loris Bauch ein kleines Wesen entwickelt, das in wenigen Monaten aus ihr herausschlüpfen wird. Was wird sie tun, wenn sie erfährt, dass im Schoß ihrer geliebten Tochter das Kind ihres schönen François wächst? Würde sie zur Abtreibung raten oder dazu, das Kind zu behalten? Würde sie mit François Schluss machen oder ihn zwingen, Lori zu heiraten? Ich weiß es nicht und ich will es eigentlich auch gar nicht wissen. Wir sind uns nah und doch so fern, unsere Sinne in Alarmbereitschaft. Es geht uns nicht anders als anderen Müttern: Egal, wie alt sie sind, wir wollen immer wissen, was mit unseren Kindern los ist und lassen sie nicht aus den Augen, so wie früher, als sie uns noch brauchten. Kinder werden immer Kinder und Mütter immer Mütter bleiben.

2. April

Prometheus ist tot, der Tierarzt meinte, entweder er schafft es und wird wieder gesund, oder er stirbt, doch alle Hoffnung war vergebens, das Gift hat gesiegt. Er lag zusammengerollt unter dem Stuhl oder dem Küchentisch, apathisch, die Nase heiß und trocken, die Augen trüb und triefend, der Atem flach. Mein armes Hündchen, es hat mich so geliebt, mich überallhin begleitet, selbst als ich mit François geschlafen habe, war es dabei und hat mich angeschaut, als ob es wüsste, dass ich einen Fehler mache. Aber nicht vorwurfsvoll wie Großmutter, sondern verständnisvoll lächelnd, als wollte es sagen, dass jedes Kind ein Geschenk ist. Und wenn es sprechen könnte, hätte das Hündchen vielleicht gesagt, nenne das Kind doch Prometheus wie mich, als Symbol für die enge Verbindung zwischen Mensch und Hund, du weißt doch, wie innig diese Verbindung ist. Zwischen Mensch und Hund entwickelt sich eine grenzenlose Liebe, auch wenn man nicht sagen kann, warum. Als ich Prometheus wimmern hörte, habe ich ihn auf den Schoß genommen, ich habe ihm in diese Augen gesehen, die mich um Hilfe anflehten, und dann bin ich in Tränen ausgebrochen. Geh nicht, mein kleiner Hund, geh nicht, bitte, das Schicksal hat es nicht gut mit dir gemeint, erst ausgesetzt und dann vergiftet! Ich habe ihn an mich gedrückt und gespürt, wie er sein Leben aushauchte, während ich ihn in den Armen wiegte und ein Lied summte, das ich von Mama kannte, die es immer an meinem Kinderbettchen gesungen hat, damit ich einschlief. Dann habe ich ihn in den Park gebracht und Dorata gebeten, mir beim Begräbnis zu helfen. Sie hat nach einem Spaten gegriffen, ohne ein Wort zu sagen, und die Grube ausgehoben. Sie hat meinen Hund gestreichelt und wir haben seinen toten Körper mit Erde bedeckt. Schließlich haben wir am Grab gesessen und gemeinsam Kaffee aus meiner Thermoskanne getrunken. Dorata hat mir ein Lächeln geschenkt, ich ekele mich zwar vor ihrem zahnlosen Mund, aber das Lächeln war voller Zärtlichkeit. Sie ist die Einzige, die nicht über mich urteilt, sie wirft mir nichts vor. Nach einer Weile wendet sie sich ab und wühlt weiter im Müll. Der Tod meines Hundes hat für Gewissheit gesorgt: Ich werde das Kind behalten, jetzt, da ich weiß, dass es ein Junge wird, ich habe es im Ultraschall gesehen. Und ich werde es Mama erzählen, das Herz hat seine Gründe, die der Verstand nicht kennt, ich kann mich nur ganz vage an diesen Satz erinnern und weiß auch nicht, von wem er ist, aber es sind heilige Worte, ich möchte der Realität ins Auge schauen und ihr alles sagen, aber ich weiß nicht wie, ich schaffe es nicht, ich schaffe es einfach nicht.

10. April

Mein geliebter François,
es kommt mir vor, als sei es gestern gewesen, dass wir Hand in Hand auf dem Kopfsteinpflaster durch Amsterdams Straßen geschlendert sind und uns in diesem kleinen gemütlichen Café in der Nähe des Hotels Tulip Elegant zusammengekuschelt haben. Erinnerst du dich? Die Glastür öffnete und schloss sich lautlos, aber jedes Mal wehte etwas Schnee herein. Wir hielten die großen Kaffeetassen fest umklammert, um uns die Hände daran zu wärmen, schmiegten uns in die Polstersessel und genossen das köstliche Apfelgebäck. Wir waren zwei Monate weg, aber es kam mir wie zwei Tage vor, und doch hat sich jedes Detail in meinen Kopf eingebrannt, so wunderschön war diese Zeit und so glücklich waren wir. Ich habe dich noch nie so sehr geliebt, wie in dem Moment, als du mich in diesem hohen Bett mit der federleichten Daunendecke an dich gedrückt hast, ich musste vor Glück weinen. Das war die schönste Zeit in meinem Leben. Hier zu Hause hingegen herrscht schlechte Stimmung. Ich zucke jedes Mal zusammen, wenn die Türen und die Fenster zugeschlagen werden, meine Tochter ist ständig unterwegs. Nach Prometheus' Tod ist sie noch lau-

nischer geworden, überempfindlich und abweisend. Erinnerst du dich, wie glücklich sie an Weihnachten war, als du ihr den Hund geschenkt hast, sie schien verliebt in das Leben und auch in dich gewesen zu sein, du hast sie jeden Morgen in die Schule gebracht und ihr neue Schuhe gekauft, du hast sie umsorgt wie ein Vater und mit Geschenken überhäuft. Seitdem ist sie ein anderer Mensch geworden, sie vermeidet Blickkontakt, geht achtlos an mir vorbei und schließt sich in ihrem Zimmer ein, ansonsten schweigt sie. Sie verlässt morgens das Haus, ich sehe sie erst am Abend wieder. Wenn sie zurückkommt, sind Gesuina und ich manchmal schon im Bett, ich höre den Schlüssel im Schloss, ihre nackten Füße auf dem Boden und grübele, was eigentlich los ist. Ich habe immer wieder nachgefragt, aber sie hat mir keine Antwort gegeben. Mama, du verstehst es sowieso nicht, dann ist sie aufgestanden und in die Küche gegangen, kurz darauf schlug die Haustür zu. Meine Mutter blieb bei der Frage nach der Ursache für Loris merkwürdiges Verhalten ziemlich reserviert, sie hätte auch keine Ahnung. Aber dabei hat sie ein bisschen den Mund verzogen, als wüsste sie sehr wohl etwas, könnte aber nicht mit mir darüber sprechen. Sie knallt nicht mit den Türen, aber sie weicht mir aus. Ihr Bäcker scheint geheiratet zu haben, besser so, er war mehr als dreißig Jahre jünger als sie, da konnte nichts daraus werden. Es scheint, als hätte sie schon einen anderen, einen Typen namens Filippo, sie tauschen unaufhörlich WhatsApp-Nachrichten. Willst du mal sehen, wie attraktiv er ist?, hat sie mich gefragt, aber es interessierte mich nicht. Ich finde, sie übertreibt mit ihren Affären und flüchtigen Liebschaften. Wie alt ist er?, habe ich gefragt. Nur fünfzehn Jahre jünger, hat sie lachend geantwortet. Er hat eine Frau und zwei Töchter, aber er lebt sein eigenes Leben, sie wohnen noch zusammen, sind aber eigentlich getrennt. Und die Töchter? Sie sind fast erwachsen und ihr Vater ist ihnen egal. Auf mich wirkt diese Liaison irgendwie würdelos, das kann nichts von Dauer sein, eine späte Liebe würde ich ja noch verstehen, das kann immer passieren, aber nicht mit einem verheirateten Mann, der noch mit seiner Familie zusammenlebt. Weiß die Frau Bescheid?, habe ich Gesuina gefragt, aber keine Antwort bekommen. Ich nehme an, sie ist ahnungslos, die Arme. Stell dir mal vor, sie findet heraus, dass ihr Mann eine andere hat, mit der er feurige Liebeserklärungen austauscht, auch wenn sich die beiden noch nie begegnet sind. Dieses Internet ist wirklich eine Geißel der Menschheit, ich finde das abstoßend, ein gefühlloses Wesen, das nur auf dem Bildschirm oder in Mails existiert, eine verlogene Welt, niemand sagt die Wahrheit, Lügen über Lügen und gefälschte Fotos. Wer weiß, ob das, was er erzählt, alles stimmt. Warum sollte sich ein gutaussehender Mann um die fünfundvierzig, ein wohlhabender Kaffeehändler, mit einer Sechzigjährigen einlassen? Noch ganz passabel, zugegeben, aber fast zwanzig Jahre älter. Wie kann sie sich einbilden, dass er es ernst meint? Ein Unbekannter, sie kennt seinen Geruch nicht und auch nicht den Klang seiner Stimme. Das Ganze kommt mir utopisch vor, Fantasien einer virtuellen Welt. Nicht existent. Aber ich möchte dich nicht mit drögen Familiengeschichten langweilen. Ich habe eine gute Nachricht für dich: Die Tulpenzwiebeln, die ich auf der Terrasse in die Erde gesteckt habe, haben Wurzeln gezogen, erste zarte grüne Triebe kommen zum Vorschein. Ich freue mich, die Blumen wachsen zu sehen, die mich an unsere glücklichen Tage in Holland erinnern. Ich habe noch die Bilder von Van Gogh vor Augen, seine Bauern und Bäuerinnen, von der Arbeit gezeichnet, aber mit Gesichtern voller Lebensfreude, die Sternennacht, der mit Schwärmen schwarzer Vögel überzogene düstere Himmel, der sich gegen die sattgelben Weizenfelder abhebt. Und mittendrin, kaum wahrnehmbar im Ährendickicht, eine schemenhafte schwarze Gestalt. Es könnte der Maler selbst sein, wie Kunstkritiker behaupten, oder aber auch ein Bauer auf dem Nachhauseweg. Vordergrund und Horizont verschwimmen und scheinen eins zu werden.

Erinnerst du dich an das Selbstbedienungsrestaurant des Museums, wo dir das Tablett mitsamt Teller und vollem Wasserglas heruntergefallen ist? Zum Glück ist nichts kaputtgegangen, aber du bist vor Scham ganz rot geworden, während ich lachen musste. Der Teller rollte hochkant über den Fußboden, zwischen den Tischen hindurch, das Glas hüpfte wie ein Känguru, sind die hier aus Gummi?, fragtest du und dann hast auch du gelacht. Und dieser Mann im Hafen, der rohe Heringe gekauft und einen nach dem anderen heruntergeschluckt hat, ohne zu kauen, wie eine hungrige Möwe? Und die endlos langen Spaziergänge an den Kanälen? Einmal wäre ich fast von einem Fahrrad angefahren worden, weißt du noch? Wir waren wohl versehentlich auf einem Fahrradweg unterwegs, der rücksichtslose Radler konnte mir gerade noch ausweichen, aber anstatt stehenzubleiben und sich zu entschuldigen, hat er uns beschimpft. Du hast dich vor mich gestellt, um mich vor seinen Attacken zu schützen. Dann haben wir uns umarmt. Die Zeit mit dir hat mir gut getan, ich habe erkannt, wie wichtig es ist, sich vom Alltag zu Hause zu lösen, fremde Städte kennenzulernen, fremde Gesichter zu sehen, sich Land und Leuten anzupassen. Erinnerst du dich an diesen Montagmorgen, als die Hoteltür von zwei betrunkenen jungen Männern versperrt war, die dort ihren Rausch ausschliefen? Wir mussten über sie klettern, sie waren nicht wachzukriegen. Draußen empfing uns angenehme Wärme, nach einer Woche Regenwetter mit Nebel und Wind war plötzlich und unerwartet die Sonne herausgekommen. Du hast sogar deine Daunenjacke ausgezogen, dann aber nicht gewusst, wohin damit, und sie wieder angezogen. Wir haben uns angesehen und mussten lachen, wieso war uns selbst nicht klar. Das sind unsere Flitterwochen, hast du mir eines Tages ins Ohr geflüstert. Aber wir sind doch schon seit fünf Jahren zusammen und waren schon so oft gemeinsam unterwegs? Na ja, da hatten wir es immer so eilig, erst dieses Mal in Holland hatten wir genügend Zeit füreinander, Zeit und Muße für die schönen Dinge. Unsere Körper waren eins, unser Atem hatte den gleichen Rhythmus, unsere Zungen verschmolzen miteinander, wir liebten uns zärtlich und voller Leidenschaft, so wie noch nie zuvor. Und danach hast du immer erschöpft, aber zufrieden lächelnd, die Augen geschlossen. Ich hätte am liebsten die Zeit angehalten. Schade, dass es vorbei ist, ich habe diese intensiven Wochen so genossen, frei von allen Pflichten. Und ich hatte nicht mal ein schlechtes Gewissen. Aber jetzt hat uns der Alltag wieder, du in der Firma und ich bei meinen Übersetzungen. Mit unendlicher Liebe umarme ich dich fest. Maria

15. April

Großmutter sagt, wenn ich in dieser Woche nicht mit Mama spreche, dann macht sie es. Nein, bitte, siehst du nicht, wie glücklich sie ist? Sie hat mir alle Fotos der Reise gezeigt, die er *unsere Flitterwochen* genannt hat, sie sind ein Herz und eine Seele und lieben sich mehr denn je, ich kann es einfach nicht, ich will dieses Glück nicht zerstören, das wäre, als würde ich ihr mit dem Messer ins Herz stoßen. Bei François hätte ich keine Skrupel, aber bei Mama, die vor Freude strahlt? Sie strotzt vor Vitalität, genau wie ihre mitgebrachten Tulpen, die kurz vor dem Aufblühen sind.

Ich nehme die Vespa, fahre zum Supermarkt, kaufe ein und bringe die Tüte zu Dorata, die sich mit einem ihrer feuchten Küsse bedankt. Ich habe ihr gesagt, dass ich ein Kind erwarte, aber ich glaube nicht, dass sie es verstanden hat, sie lebt in ihrer eigenen Welt, in der Worte nichts wert sind und die Gedanken frei herumfliegen wie die Vögel am Himmel, ich habe ihr auch eine Daunenjacke mitgebracht, die ich ganz hinten im Kleiderschrank gefunden habe, wahrscheinlich gehört sie Großmutter, die sie bestimmt seit Jahren nicht mehr anhatte, ein gefundenes Fressen für die Motten. Dorata, gefällt sie dir? Sie antwortet nicht, aber sie lächelt mich mit ihrem zahnlosen Mund an, das ist schon viel, sie reißt mir die Sachen aus der Hand und nimmt mich mit zu ihrer Schlafstatt. Ich habe ihr angeboten, mich um einen Platz in einer Obdachlosenunterkunft zu kümmern, aber sie hat nur den Kopf geschüttelt, für sie ist die Müllhalde neben der Brücke ihr Zuhause, dort hat sie sich aus Wellblech eine Hütte gebaut, höchstwahrscheinlich asbestverseucht, bestimmt stammen die Holzlatten der Seitenwände von einem ehemaligen Hühnerstall, überall kleben noch Federn in bunten Farben, die sich nach und nach lösen und davonfliegen. Auf dem blanken Boden hat sie sich aus einer zerschlissenen fleckigen Matratze ein Bett gebaut, auf dem es garantiert vor Flöhen nur so wimmelt, aber sie fühlt sich wohl, hier ist sie der Chef, niemand hat ihr etwas zu sagen, selbst wenn sie ein paar Tage nichts zu essen hat. Neben dem Bett liegen Bücher. Dorata, du liest? Sie nickt und zeigt sie mir, meist zerfledderte Ausgaben, mit fleckigen Umschlägen, manchmal fehlen sogar Seiten, ein Buch über Katzen, eines über griechische Zyniker, *Der kleine Prinz* und *Onkel Toms Hütte*. Sie hat die Bücher im Müll gefunden und hütet sie wie einen Schatz. Ich habe ihr von dem ungewollten Kind erzählt und vom Chaos in meiner Familie, vielleicht hört sie mich nicht, vielleicht hört sie nicht zu, irgendwann klatscht sie in die Hände und lacht, als würde ich ihr die lustigste Geschichte der Welt erzählen. Dorata, ich spreche von einer Tragödie, aber sie achtet gar nicht darauf, klatscht wieder in die Hände, ich weiß nicht, wie gut diese dreckigen Ohren hören können, ich frage mich, wie sie sich wäscht, irgendwann habe ich herausgefunden, dass es für wenig Geld in den Toiletten auf dem Bahnhof eine Gelegenheit gibt, die sie ab und zu nutzt, dort kümmert sie sich auch um ihre langen weißen Haare. Dorata, du bist ein Phänomen, soll ich dir andere Bücher bringen? Das mache ich gerne, aber sie schüttelt den Kopf, ich weiß nicht, ob sie taub ist oder mir nur nicht zuhören will, vielleicht liest sie mir von den Lippen ab, wenn sie ihre wässrig blauen Augen aufreißt. Irgendwie erinnert sie mich an eine dieser mittelalterlichen Mystikerinnen, von denen mir Mama erzählt hat, die zurückgezogen in Grotten lebten und sich von Kräutern ernährten. Aus Liebe zu Jesus Christus, ihrem Bräutigam. Dorata hat diesen Weg gewählt, weil sie die Freiheit liebt, vielleicht denkt sie insgeheim aber doch an diese spirituelle Form der Christusverehrung dieser Frauen, die sich in die Einsamkeit der Berge zurückzogen, um dort ihren Frieden zu finden. Dorata findet ihren Frieden zwischen dem Müll einer dreckigen Stadt, inmitten von Chaos und Konfusion. Ich habe ihr löslichen Kaffee mitgebracht und frage sie, wo es heißes Wasser gibt. Sie bedankt sich mit einem Handkuss, wendet sich ab und entzündet ein kleines Feuer, keine Ahnung, wo sie die Streichhölzer her hat, das reicht, um eine Dose mit Wasser aus dem Fluss zu erhitzen.

Mit Tulù läuft es gut, die Liebe scheint zurück, leidenschaftlich und zärtlich. Ob das mit der Schwangerschaft zusammenhängt? Er weiß nicht, dass ich ein Kind erwarte, mein Körper aber schon, er strahlt im Inneren wie die Sonne und wirft weiche leuchtende Strahlen nach außen, Strahlen, die wärmen, aber nicht verbrennen, so muss es sein. Die Männer auf der Straße schauen mich an, als wollten sie mich verschlingen, zum Glück sieht man noch nichts, ich trage weite Klamotten, um die sanfte Wölbung zu kaschieren, aber bald werde ich meinen Bauch nicht mehr verbergen können und alles kommt ans Licht, dann muss ich die Wahrheit sagen, ob ich will oder nicht. Aber welche Wahrheit? Die Wahrheit kann grausam sein, zumindest in dieser Situation, verbunden mit Schmerz, Wut und Rachegefühlen, besser nicht die ganze Wahrheit sagen, sie beschädigt, zerstört und zwingt zu hochemotionalen Entscheidungen. Aber bei einem Kind im Bauch ist das schwierig, das ist eine Tatsache, die nicht zu leugnen ist. Ich werde mir etwas einfallen lassen müssen, damit er es akzeptiert, ich habe mich jetzt entschlossen, es zu behalten, ich habe keine Angst davor, so jung Mutter zu werden. Wenn Mama und Großmutter mir helfen, gut, wenn nicht, dann werde ich es auch alleine schaffen, wie diese arme Peruanerin, die in einem Gebäude des Verlages geputzt hat, für den Mama arbeitet. Sie hatte ihr neugeborenes Kind in einem Korb dabei, den sie immer dort hinstellte, wo sie gerade wischte, fegte oder staubsaugte, und das Kind, genauer gesagt, das kleine Mädchen namens Estrellita, wusste genau, dass es brav sein musste, wenn es in der Nähe seiner Mutter bleiben wollte. Sie blieb still in ihrem Körbchen liegen und wenn sie Hunger hatte, schrie sie nicht, sondern strampelte mit den Beinen, als ob sie Ballett tanzen würde, die nackten Füßchen riefen anstelle der Stimme, alles war gut. So werde ich es auch machen, wenn Mama mich rauswirft, gut, ich könnte zu François gehen, er war immer fürsorglich und liebevoll, aber in dieser Situation wäre er bestimmt nicht begeistert. Seit dem Tod seiner Mutter lebt er mit einem gelähmten Onkel zusammen, das hat er jedenfalls erzählt, ich glaube nicht, dass da noch Platz für mich und ein Kind wäre. Nein, dann suche ich mir besser eine Arbeit und binde mir das Kind mit einem Tuch auf den Rücken, wie die Japanerinnen. Dann ist es immer bei mir, die Knie schauen rechts und links neben meinen Hüften hervor, und ich kann Geld verdienen. Mama hätte gute Gründe mich rauszuwerfen, ich habe es echt übertrieben, ich motze und bin unverschämt, ich hasse es, wenn sie weint, das bin ich von ihr nicht gewohnt. Das letzte Mal hat sie geweint, als Papa, ausgezehrt und abgemagert von den Chemotherapien und Bestrahlungen, gestorben ist. Nach der Transplantation war sein Zustand besser geworden, er schien geheilt, bis die Krankheit zurückkam. Von da an ging es rapide bergab, die Haare fielen aus, sein Gesicht schwoll an, er sah aus wie hundert, dabei war er noch nicht vierzig. Ich konnte mich nicht mal von ihm verabschieden, so schnell raffte es ihn dahin. Wenn ich das Foto betrachte, auf dem wir auf einem Feldweg spazieren gehen, hinter uns ein schwarz-weißer Hund, wird mir bewusst, wie sehr ich ihn geliebt habe, und dass diese Liebe irgendwo begraben liegt. Ich habe noch genau vor Augen, wie er mich auf dem Gepäckträger seines Fahrrads mitgenommen hat. Halt dich gut an mir fest, damit du nicht runterfällst, hatte er gewarnt, doch einmal sind wir doch gestürzt, aber es ist nichts passiert, wir sind hintereinander die Wiese hinuntergekugelt.

2. Mai

Filippo ist wie besessen, will alles wissen, was ich mache, wo ich hingehe, als wäre ich sein Eigentum. Aber wir kennen uns doch nur übers Internet, sind uns noch nie begegnet, was will er eigentlich? Er beteuert, dass er mich liebt, er kann nichts dagegen tun, gegen sein Verlangen ist er machtlos, wenn seine Familie nicht wäre … Filippo, wir kennen uns gar nicht, ich weiß nicht, was du für ein Mensch bist, lassen wir die Dinge so, wie sie sind, habe ich geschrieben, die Liebe aus der Ferne wärmt mir das Herz, warum etwas erzwingen? Er wisse genau, wer ich bin, hat er geantwortet, immerhin habe er schon viele Fotos von mir auf WhatsApp gesehen. Aber Fotos können täuschen, Filippo, und ich habe dich belogen, ich bin nicht vierzig, sondern sechzig und Großmutter und meine Enkelin wird mich bald zur Urgroßmutter machen. Ich musste ihm das schreiben, weil er mich ständig genervt und so getan hat, als gehöre ich ihm, gekaufte Liebe übers Internet. Fünf Tage herrschte Funkstille, das WhatsApp-Profilbild blinkte nicht, um auf sich aufmerksam zu machen. Am sechsten Tag hörte ich ein Piepsen, da war er wieder. Mir ist egal, wie alt du bist, Gesuina, ich liebe dich für die Worte, die du schreibst, für deine Gedanken, für alles, was ich von dir auf den Fotos sehe, sag mir, dass wenigstens die Fotos echt sind und du keine bucklige Alte mit runzligem Gesicht bist, sondern die schöne Frau mit dem wohlgeformten Körper, die mich auf den Fotos anlächelt. Da kann ich dich beruhigen, Filippo, die Fotos sind von diesem Jahr, ein paar aus dem letzten, ich bin genauso, wie du mich siehst. Und er war zufrieden und hat mir ganz viele lachende Smileys geschickt. Es kommt mir trotzdem seltsam vor, dass sich ein fünfundvierzigjähriger Mann in eine Sechzigjährige verliebt, auch wenn es nur ihre Fotos und ihre Briefe im Internet sind. Ich glaube nicht, dass er mich wirklich treffen möchte, er will mich über das Netz besitzen, mich virtuell für sich haben, nur für sich. Umarmungen und Liebkosungen am Monitor, mehr nicht. Alles andere findet nur in seiner Fantasie statt. Vielleicht auch in meiner. Nur dass ich nicht das Bedürfnis habe, ihn zu besitzen, ich weiß, dass er eine Frau und zwei Töchter hat, die er liebt, und ich würde niemals verlangen, dass er sie verlässt, um mit mir zusammenzuleben. Ich frage mich, ob wir Frauen ein Unterwürfigkeits- und ein Schamgefühl verinnerlicht haben, das Männern fremd ist, sie haben sich daran gewöhnt, die Frauen zu dominieren und sie zu benutzen, wann immer ihnen danach ist. Und wenn die Frauen Distanz suchen, offen Ablehnung zeigen oder nach Unabhängigkeit streben, werden die Männer wütend. Das kann und darf nicht sein. Nach diesem Weltbild lebt auch meine Tochter Maria, aber ich? Ich bin das genaue Gegenteil, oder komme ich doch in die Jahre, wo man genügsam wird? Spielt vielleicht Loris Schwangerschaft eine Rolle? Von Simone habe ich Filippo nichts erzählt, aber was wäre, wenn er von meinem Bäcker wüsste? Wahrscheinlich nichts. Denn auch diese Auseinandersetzung würde sich im virtuellen Raum abspielen. Wenn wir zusammenleben würden, wäre das etwas anderes, dann würde er vielleicht zum Messer greifen und mich und Simone umbringen? Wo ist der Unterschied zwischen Scheinwelt und Realität? Ich muss Maria danach fragen, die Intellektuelle der Familie, die so viele Bücher über Psychologie und Philosophie gelesen hat. Aber Maria ist grenzenlos verliebt. Sie kann sich das, was auf sie zukommt, nicht einmal ansatzweise vorstellen. Und es wird ihre Tochter sein, die ihr diesen Schicksalsschlag versetzen und ihr Bild von der heilen Welt zerstören wird. Arme Maria! Und doch ist es gut, wenn sie Bescheid weiß und in ihrer Realitätsflucht gestoppt wird. Drei Generationen unter einem Dach, das kann auf Dauer nicht gut gehen.

Am liebsten würde ich mich aus dem ganzen Schlamassel raushalten, aber das geht nicht, ich stecke bis zum Hals mit drin. Von meinem eigenen Liebeschaos mal ganz abgesehen. Das Leben ist kompliziert, Gesuina, nichts, aber auch gar nichts, ist voraussehbar. Wir stochern im Nebel und hoffen, dass er sich lichtet, aber in der Realität schaffen wir es nicht einmal, einen Fuß richtig vor den anderen zu setzen.

10. Mai

Lieber François,

    in diesem Haus muss es ein Geheimnis geben, von dem nur meine Mutter und meine Tochter wissen. Ich habe die verschwörerischen Blicke zwischen den beiden bemerkt, was ist da los? Sie scheinen etwas vor mir zu verbergen, aber was? In einer generationenübergreifenden Frauenwohngemeinschaft lässt sich nichts verbergen, vor allem kein Geheimnis, das zwischen zwei Gehirnen kursiert und sich in rätselhaften Blicken äußert, aber die dritte Person tappt im Dunkeln, ihr bleibt nur das Misstrauen. Ich weiß nicht mal, ob das Geheimnis irgendwie mit mir zu tun hat. Aber wenn sie so viel Wert darauf legen, dass ich nichts davon mitbekomme, liegt die Vermutung nahe, dass ich irgendwie betroffen bin. Geht es mich etwas an, Lori? Ich würde sie gerne direkt fragen, weil sie mir besonders verwirrt vorkommt, aber sie gibt mir keine Gelegenheit und geht mir aus dem Weg. Meine Mutter ist mit ihrer Internetbeziehung zu einem gewissen Filippo abgelenkt. Entschuldige, wenn ich dich mit unserer Familiengeschichte langweile, während du nie über dein Zuhause und deine Familie sprichst, ich weiß nur, dass du in Lille wohnst, nach dem Tod deiner Mutter ist nur noch ein gelähmter Onkel da. Ich habe noch nie ein Foto deiner Mutter gesehen, ich weiß nicht, wie dein Schlafzimmer aussieht, die Küche, in der du jeden Morgen Kaffee trinkst, das Gesicht des gelähmten Onkels, den du mal beiläufig erwähnt hast. Das ist der Preis für unsere Internetabstinenz, wenn man nur Briefe schreibt, weiß man nur das voneinander, was man dort preisgibt. Was sagst du immer? Die Liebe ist das einzig Wahre, alles, was zählt, alles andere spielt keine Rolle. Und das stimmt. Wenn wir zusammen sind, fühlen wir uns frei, wir sind glücklich, wir halten uns im Arm und küssen uns, das ist die wahre Liebe. Einfach perfekt. Aber manchmal denke ich auch, dass wir in einer Seifenblase leben, die jeden Moment zerplatzen kann, denn so ist das mit Seifenblasen, sie entstehen, werden größer und irgendwann lösen sie sich auf. Vielleicht ist es zwischen uns ja anders. Stabiler und dauerhafter, eine Symbiose zwischen Mann und Frau, zwei Körper, die sich suchen, finden und vereinen und Vergnügen dabei haben. Wir sind keine Träumer, die in die Liebe verliebt sind, sondern zwei Menschen, die sich schätzen und vertrauen, die in ihren Briefen offen und ehrlich die tiefsten Gefühle austauschen und wunderschöne Ferien miteinander verbringen, wann immer es geht. Und wenn sie sich wiedersehen, dann sind sie glücklich und nehmen sich in den Arm. Jedes Mal. Das klingt wenig, François, ist aber unendlich viel, die ganze Welt in unseren Gedanken vereint. Wenn wir zusammen sind, sind wir eins, oder vielleicht zwei in eins, ich weiß auch nicht, aber ich empfinde dich als einen Teil von mir, und der Rest zählt nicht, wie du sagst.

Heute Nacht habe ich wieder von dir geträumt. Ich hielt dich fest an mich gedrückt, aber plötzlich hatte ich den Eindruck, ein fremdes schuppiges Wesen in den Armen zu halten, etwas Festes mit glitschiger Haut und klebriger Schnauze. Angstschauer jagten mir über den Rücken, war das ein Krokodil? Ich schrie auf und erwachte. Warum ich so etwas Absurdes träume, weiß ich auch nicht … Das Krokodil wollte mir nichts Böses, es wollte mich nur umarmen, verstehst du? Ein Krokodil auf mir, mit feuchten Tatzen, die mich an den Hüften umklammert hielten, seine lange Schnauze mit furchterregenden Zähnen wollte mich küssen, aber wie sollte das gehen? Eine Krokodilschnauze auf den Lippen einer Frau? Als ich aufwachte, hatte ich den Geschmack von Algen und Salzwasser im Mund. Die Fantasie spielt einem manchmal seltsame Streiche.

Ich umarme dich voller Liebe, bis bald, Maria

21. Mai

Liebste, ja allerliebste Mama,

ich habe beschlossen dir einen Brief zu schreiben, weil ich es dir nicht ins Gesicht sagen kann … ich möchte dir zuerst versichern, wie sehr ich dich liebe, meine Liebe ist so tief wie ein Brunnen, und aus diesem Brunnen habe ich immer gutes Wasser geschöpft, frisch, sauber und wohlschmeckend wie kein anderes, Mama. Aber ich habe diesen Brunnen vergiftet, wie ein halsstarriges, egoistisches Kind, ohne es wirklich zu wollen, ohne die Konsequenzen zu sehen, wir müssen diesen Brunnen schließen, Mama, weil er tödlich sein kann, für mich, für dich und die anderen, die uns wichtig sind. Du denkst sicher: Was fantasierst du denn da, Lori? Was sollen diese gekünstelten Sätze? Was willst du mir damit sagen? Und ich antworte dir, dass ich dir das nicht direkt sagen kann, es wäre, als wenn ich dir ein Messer in die Brust rammen würde, aber gleichzeitig musst du es unbedingt wissen, wie Großmutter meint, denn jede Wahrheit, selbst die schlimmste, bitterste oder zerstörerischste, ist besser als die Lüge. Ich muss dir etwas sagen, das mit François zu tun hat, ich weiß, wie sehr ihr euch liebt, zwei Menschen, die sich gesucht und gefunden haben, die sich wertschätzen, doch manchmal schläft die Liebe ein paar Sekunden lang ein und schon ist es passiert. François und ich haben miteinander geschlafen, aber ich schwöre dir, ohne jedes Gefühl, und aus diesem Moment der Dummheit ist ein Kind entstanden. Das ist das Geheimnis, das ich seit Monaten mit mir herumtrage und das mich vor Angst fast sterben lässt. Ich kann es nicht länger verheimlichen, Großmutter war von Anfang an der Meinung, dass die Wahrheit ans Licht muss. Sie hat mich gezwungen, es dir zu sagen, sonst würde sie das tun. Ich liebe François nicht, er liebt mich auch nicht, ich habe unüberlegt und egoistisch gehandelt, aber das nutzt jetzt nichts mehr, das Kind ist in den Brunnen gefallen, wie Großmutter immer sagt. Wenn du mich jetzt rauswirfst, dann verstehe ich das, ich werde schon zurechtkommen, mit dem Kind, aber ohne Vater. Bitte nimm es François nicht übel, er liebt dich über alles, er weiß nichts von diesem Kind und wenn du willst, wird er es auch nicht erfahren. Ich wünsche mir, dass wir das Geheimnis für uns behalten und das Kind zu dritt großziehen, du, Großmutter und ich, auch wenn ich nicht zu hoffen wage, dass dieser Traum Wirklichkeit wird, das wäre zu schön, um wahr zu sein. Ich weiß, dass das für dich eine Tragödie wird, du müsstest François verlassen, das ist zu viel verlangt, ich möchte eure Liebe nicht kaputt machen. Vielleicht war ich sogar eifersüchtig auf eure wunderbare Beziehung, vielleicht habe ich gehofft, dass es zwischen uns genauso wird. Ich bedauere, was ich getan habe und deshalb werde ich gehen, es ist besser so. Ich werde bei meiner Freundin Agata einziehen, die sich zu Hause einsam fühlt, weil sie sich gerade von ihrem Mann getrennt hat. Ich würde Leben ins Haus bringen, meinte sie, und nicht nur ich, sondern auch das Baby, das hoffentlich genau so ruhig sein wird wie Estrellita, die Tochter der Peruanerin, die für das Verlagshaus geputzt hat, für das du übersetzt hast, weißt du noch? Ich habe ihren Namen vergessen. Ich weiß nur noch, dass sie die neugeborene Estrellita in einem Körbchen überall mit hinnahm, egal, ob sie gerade den Boden geputzt oder den Kaffeetisch für die Belegschaft gedeckt hat. Ich mache das genau so, Mama, mach dir keine Sorgen, ich werde mich schon zurechtfinden. Egal, wie es weitergeht, es hat mir gutgetan, dir das zu schreiben, ich fühle mich wie von einer schweren Last befreit, frei wie ein Vogel, ich möchte in die Lüfte fliegen und dort landen, wo der Wind mich hinträgt. Hasse mich nicht allzu sehr, Mama, ich liebe dich, egal, wie du dich entscheidest. Ich habe mich entschieden, für das Kind und gegen eine Abtreibung. Seitdem ich das kleine Wesen in mir gespürt habe, waren alle Zweifel verflogen. Ich habe manchmal daran gedacht, Tulù die Vaterschaft unterzuschieben, aber das hätte das Ganze nur noch verschlimmert, ich hätte nicht nur dich und François, sondern auch Tulù betrogen. Dann lieber das Kind ohne Vater als mit einem falschen Vater aufwachsen lassen. Zu viele Knoten! Windsorknoten, Fischerknoten, Doppel- und Dreifachknoten: Ich kenne sie alle, aber lösen kann ich sie nicht. Jetzt ist alles gesagt, ich werde deine Entscheidung akzeptieren, egal wie sie ausfällt. Ich bitte dich noch einmal, François keine Vorwürfe zu machen und ihm zu verzeihen, es ist ganz allein meine Schuld. Du hattest wie immer recht, aber das nutzt jetzt auch nichts mehr. Schmerz und Leid sind unvermeidlich.

Ich umarme dich ganz fest, deine Lori

22. Mai

Heute Morgen wurde ich durch lautes Schreien geweckt. Lori riss meine Zimmertür auf und zerrte mich in Marias Zimmer. Sie lag angezogen auf ihrem Bett, schweißgebadet, die Haare klebten an der Stirn. Sie musste Schlaftabletten genommen haben, keine Ahnung wie viele. Mit zitternden Händen fühlte ich ihr den Puls, er war gerade noch zu spüren, kaum noch existent. Ich habe den Notarzt gerufen, während Lori fassungslos schluchzend durch die Wohnung irrte. Sie wusste nicht, was sie tun sollte. Hör auf zu heulen, zieh dich lieber an und komm mit in die Notaufnahme! Aber dazu war sie gar nicht in der Lage. Der Krankenwagen kam, ich stieg ein, während die beiden Krankenpfleger Maria festschnallten, der Motor heulte auf und das Auto bahnte sich seinen Weg durch den Verkehr. Als wir im Krankenhaus ankamen, wollte ich unbedingt an Marias Seite bleiben, aber die Schwester in der Notaufnahme ließ das nicht zu. Sie setzen sich bitte hin und warten, wir sagen Ihnen Bescheid. Dann war sie verschwunden. Durch die geschlossenen Türen hörte ich, wie sie Maria den Magen auspumpten. Grauenvolle Geräusche, Würgen, erstickendes Husten, Erbrechen, hektische Stimmen. Nach einer Stunde ging die

Tür auf und eine Trage wurde hinausgerollt. Maria war leichenblass, die Augen wie erloschen, das Gesicht verzerrt, der Hals geschwollen. Aber sie lebte. Danke, dass Sie sie gerettet haben! Noch bevor ich mehr sagen konnte, schoben sie die Trage schnell an mir vorbei. Ich rannte ihnen nach. Wo bringen Sie sie hin? Wir müssen intubieren und sie auf die Intensivstation bringen. Intensivstation? Reanimation? Aber warum? Sie können nicht mit rein, unmöglich. Der Krankenpfleger war an den Armen tätowiert. Ich versuchte Maria etwas zu sagen, aber sie hörte mich nicht. Dem Flur folgten weitere Flure, ich orientierte mich an den Tattoos, die mich in ihrer Hässlichkeit faszinierten. Eine Nixe mit schulterlangen Haaren und einem mächtigen Fischschwanz, der sich um den rechten Arm wand. Auf dem anderen Arm ein Schiff mit vollen Segeln. Bei jeder Bewegung der Muskeln schien es, dass sich die Segel mit Wind füllten und sich das Schiff in Richtung Horizont schob. Die Nixe bewegte ihren Schwanz. Eine Nixe und ein Segelschiff? Eigentlich undenkbar, aber auf seinen Armen schienen sie zum Leben zu erwachen.

30. Mai

Ich sitze neben dem Bett meiner Tochter, in einem Zimmer, in dem noch drei andere Frauen im Koma liegen. Sie haben mir einen grünen Krankenhauskittel aufgezwungen, mit einer Haube auf dem Kopf, meine Hände sind desinfiziert, die Schuhe stecken in zwei Plastikbeuteln, ich habe das Gefühl, wie auf Wolken zu gehen. Maria liegt seit Tagen im Koma. Sie atmet, das Herz schlägt, die Augenlider sind geschlossen. Die Lippen sind fest zusammengepresst, ein Schlauch ermöglicht, dass sie künstlich ernährt wird. Mein Blick folgt den mechanischen Bewegungen des Krankenpflegers, der sich an ihrem Bett zu schaffen macht. Es ist wieder der Tätowierte. Möchte die Nixe aus schwarzer Tinte aufs Schiff? Vielleicht hat sie sich in einen der Matrosen verliebt, die mit ihren starken Armen die Segel setzen und auf den hohen Mast klettern, um den Horizont abzusuchen? Aber kann sich ein Matrose überhaupt in eine Nixe verlieben? Der Legende nach ist es die Nixe, die sich in den Seemann verliebt. Aber die Legende sagt auch, dass Nixen Unglück bringen und man sich von ihren verhexten Körpern fernhalten sollte. Es soll wohl so gewesen sein, dass die Fischfrau dem Schiff nachschwimmt, der Wind frischt auf und wird zum Sturm, die Wellen werden immer höher, das Leben der Besatzung ist in Gefahr. In diesem Moment wird dem Kapitän klar, dass die Nixe in einen seiner Männer verliebt ist, und er beschließt, per Los einen auszuwählen und ihn ins Wasser zu werfen, um dem Meer ein Opfer zu bringen und es zu beruhigen. Das Schicksal trifft einen gut aussehenden jungen Matrosen. Aber der ist auch sein bester Mann und der Kapitän beschließt ihm eine zweite und auch eine dritte Chance zu geben, doch jedes Mal entscheidet sich das Schicksal wieder für ihn. Er muss der Mann sein, in den die Nixe verliebt ist, und deshalb entschließt er sich schweren Herzens, ihn ins Wasser zu werfen. Der Matrose sagt: Ihr habt recht, ich wurde dreimal ausgewählt und deshalb müsst ihr mich opfern, um das Schiff zu retten, aber lasst mich kurz mit der Nixe allein. Gesagt, getan. Der Matrose stellt sich ans Heck, wo die Nixe immer auftaucht und verschwindet und singt ihr ein irisches Lied, tieftraurig und sehnsuchtsvoll, aber so zärtlich, dass die Nixe, eingelullt von seiner schwermütigen Stimme, besänftigt wird. Der Sturm flaut ab, die Wellen glätten sich. Das Schiff kann seine Fahrt fortsetzen, ohne dass der Matrose geopfert werden muss. Ich kann nicht schlafen und denke über die tätowierten Arme des Krankenpflegers nach, alles stimmt: das Schiff, die Wellen, die Nixe. Die sanfte Stimme des Matrosen begleitet meinen Schmerz. Doch halt, der Matrose fehlt. Vielleicht habe ich mich ja auch geirrt und die Geschichte verwechselt? So sehr ich mich auch bemühe, den Blick von den Tattoos abzuwenden und in Marias wächsernes Gesicht zu schauen, es gelingt mir nicht. Es ist wie ein Zwang. Seine Arme bewegen sich sicher und effektiv, kühl und professionell, wie es das Schicksal verlangt. Lori sitzt im Flur und fleht wieder und wieder: Ich bitte dich, Mama, stirb nicht. Auch François ist da, er sitzt zwei Stühle weiter, ernst und blass, und starrt auf seine Hände. Er sagt nichts, reagiert nicht, er scheint am Boden zerstört. Aber ich bedauere ihn nicht, schließlich ist er für das Chaos verantwortlich, er und sie, beide zusammen. Sie scheinen verzweifelt, er und Lori, und halten Abstand, jetzt wo er es weiß und der Babybauch deutlich sichtbar ist. Er versucht ihn zu ignorieren, aber ohne Erfolg.

4. Juni

Das Schuljahr ist fast zu Ende, endlich, auch wenn ich in der letzten Zeit nur selten dort war, der Bauch wächst, das Kind tritt, ich möchte, dass François seine Hand auf meine gespannte Haut legt und es spürt, aber er will nicht. Er runzelt die Stirn, zwei Falten erscheinen, die vorher nicht da waren, vor dem Selbstmord, wie er es nennt, als ob Mama schon tot wäre. Aber sie lebt, habe ich gesagt, sie liegt im Koma, niemand weiß, wie lange, vielleicht Tage, vielleicht Jahre, weicht der Arzt aus, der mich anschaut, als wäre ich eine Pennerin. Verständlich, meine Haare sind fettig, der Bauch sprengt fast meinen Rock, der viel zu große Pullover hängt an mir wie ein Sack. Ich wirke wie eine aus dem Leim gegangene Bekloppte. Ich kann meine Mama nicht ansehen, wie sie da auf dem Bett liegt, hermetisch abgeriegelt in der Reanimationsstation, umgeben von anderen Komapatienten, die zwar noch leben, aber den Eindruck machen, als wären sie tot. Habe ich mit diesem Brief einen Fehler gemacht?, wollte ich François fragen, aber er spricht nicht und hört auch nicht zu, ich wollte Großmutter fragen, auf deren Gesicht immer ein unausgesprochener Vorwurf liegt, aber auch sie stellt sich taub. Mama, bitte stirb nicht, ich brauche dich und möchte mein restliches Leben lang nicht bereuen müssen, die Wahrheit gesagt zu haben, ich bitte dich, mach die Augen auf, sieh mich an, sag mir, dass es dich noch gibt. Ohne dich bin ich verloren, ich wusste, dass die Wahrheit gefährlich ist, wie ein tödliches Gift, das habe ich Großmutter gesagt, aber sie hat trotzdem darauf bestanden. Auch mein Sohn Prometheus hat es mir durch seine Tritte im Bauch zu erkennen gegeben. Es muss irgendwie weitergehen, trotz des Chaos, das ich angerichtet habe. Mach François keine Vorwürfe, es ist einfach so über uns gekommen, sag mir, wie ich es wiedergutmachen kann, sag es mir, bitte, ich tue alles, was du willst. Dem Kind geht es gut, es wächst langsam heran und seine Tritte sind so kraftvoll, dass mir übel wird, meine Gynäkologin Amelia sagt, es ist alles in Ordnung, es wird im September auf die Welt kommen und später einmal Großes vollbringen, es hat die Kraft eines jungen Stiers und das Ungestüm eines Zickleins, das am liebsten noch im Mutterleib seine Hörner wetzen würde. Du hättest dir vorher über die Konsequenzen Gedanken machen müssen, schreit Großmutter mich an. Aber wie denn? Wie soll man in dem Moment an die Konsequenzen denken? Weil du noch nie Verantwortungsgefühl hattest, ein pflichtbewusster Mensch denkt über die Konsequenzen seines Handelns nach, das nennt man Verantwortungsbewusstsein. Das hast du mir schon so oft gesagt, Großmutter, ich finde nicht, dass du so viel besser bist als ich, in deinem Alter, mit all den Affären. Ich weiß, was ich tue und belaste niemanden damit, erwiderte sie, ich lüge nicht, ich betrüge nicht, ich nehme niemandem etwas weg. Meine Karten liegen offen auf dem Tisch. Ob das so stimmt? Wahrscheinlich hat sie mehr Geheimnisse als Mata Hari.

7. Juni

François ist ohne ein Wort abgereist. Es ist nicht deine Schuld, François, der Körper folgt nicht immer dem Geist. Manchmal macht er sich selbstständig, meist ohne Konsequenzen, aber in diesem Fall habt ihr ein Kind gezeugt und alles ist viel komplizierter geworden. Dieses Kind wird so schön sein wie du, Lori möchte es Prometheus nennen, aber das halte ich für keine gute Idee. Dem Hund hat der Name kein Glück gebracht und auch in der Geschichte ist damit ein grausames Schicksal verbunden: Ein Mann, der an einen Felsen gekettet ist, dessen Leber Tag für Tag von einem Adler aus dem Leib gerissen und gefressen wird. Ein Fluch für ein Vergehen, das ich nicht verstehe. Er hat den Göttern das Feuer gestohlen, um es den Menschen zu bringen, das war doch großartig, oder? Warum muss er dafür so grausam bestraft werden? Aber wenn ich genauer darüber nachdenke, war das nur konsequent aus der Sicht der rachsüchtigen Götter, für sie war das ein unverzeihlicher Frevel. War Prometheus nur ein Titan, der bei den Herrschern des Himmels in Ungnade gefallen ist? Oder ein Freund des Fortschritts, der den Menschen Gutes tun wollte? Ich weiß es nicht, aber der kluge François, der den Mythos gut kennt, meint, er sei ein

Held gewesen. Lori kennt die Sage nicht, ihr gefällt der Name, weil er sie an ihren so früh verstorbenen, über alles geliebten Hund erinnert.

15. Juni

Hallo, hallo, ich bin's immer noch, mein lieber Rekorder, heute habe ich dich früher angeschaltet als sonst ... hat es überhaupt irgendeinen Sinn, in eine Maschine zu sprechen? Mit wem sollte ich sonst reden? Nur du hörst mir zu und bewahrst meine Worte in dir, geduldig und ohne Widerspruch. Deshalb vertraue ich mich dir an, mein wertvoller Zuhörer.

Ich möchte mit dem kleinen Prometheus beginnen, der im Bauch seiner lethargischen Mutter um sich tritt, während sie sich mit Eiscreme vollstopft, um ihren ständig entzündeten Hals zu kühlen. Ich würde das Baby Erdbert nennen, denn Erdbeereis ist ihr Favorit. Maria liegt immer noch auf der Intensivstation, sie dämmert vor sich hin, und ich gehe sie oft besuchen. Es ist, als ob meine geliebte Tochter sterben wollte, ohne wirklich zu sterben, sie liegt in einem großen Raum, unbeweglich und stumm, die Augen geschlossen, zusammen mit anderen leblosen Körpern, in der Stille zischen nur die Sauerstoffschläuche. François ruft oft an, um sich nach Maria zu erkundigen, aber er fragt nie nach dem Kind. Er ignoriert es einfach, Lori tut das weh, auch wenn sie immer wieder betont, dass es allein ihr Kind ist und sie es ohne fremde Hilfe großziehen wird. Ein hehres Ziel. Sonst hängt sie nur rum, ich muss mich um alles kümmern, ums Einkaufen, Kochen, Geschirrspülen, Wäschewaschen, Aufräumen, Staubsaugen und Wischen. Mir tut der Rücken weh.

Zum Glück läuft meine Arbeit als Krankenschwester gut, ohne Abschluss, aber mit goldenen Händen. Ich bin viel unterwegs und setze Spritzen. Man kann sich gar nicht vorstellen, wie viele Menschen Spritzen brauchen: gegen Grippe, Leberleiden, Diabetes, Rhinitis, Bauchschmerzen, Asthma und und und. Viele haben Angst vor der Spritze und entblößen zitternd ihr Hinterteil, vor allem Alte und Kinder, aber ich beruhige sie und alles geht gut, sie spüren den Einstich nicht einmal. Bei jeder Kleinigkeit rufen sie mich an.

Lori fragt, mit welchen Hintern ich heute das Vergnügen hatte, aber ich habe keine Lust weiter darauf einzugehen. Der Ablauf ist reine Routine: Ich ziehe die Spritze auf, steche zu und verschwinde wieder. Liest du nicht mehr die Konstellation der Leberflecke auf dem Rücken? Nein, Lori, ich bin zu müde, allmählich wird alles zu viel. Soll das etwa unsere Zukunft sein? Maria liegt auf der Intensivstation im Krankenhaus, ich renne durch die Gegend und setze Spritzen in entblößte Hintern und Lori wird immer dicker und unförmiger und will sich nicht mehr bewegen, außer um in die Eisdiele zu gehen. Sie schaufelt ständig Eis in sich hinein, vor allem Erdbeereis. Das Kind wird mit einer Erdbeerallergie auf die Welt kommen, sage ich zu ihr, um sie zu mehr Bewegung und gesünderem Essen zu motivieren, aber sie hört nicht auf mich, sie fläzt sich auf das Sofa und sieht fern, am liebsten Serien, wo man erschossen, erdrosselt oder einem die Kehle durchgeschnitten wird. Welchen perversen Hirnen entspringt denn so was? Wenn ihre Mutter das sehen würde, bekäme sie die Krise, lies, meine liebe Lori, Bücher lassen das Gehirn erblühen, entwickeln gesunde Pflanzen mit tiefen Wurzeln und einem eigenen Lymphsystem, das deine grauen Zellen wachsen und gedeihen lässt. In deinem Kopf riecht es abgestanden, lüfte mal ordentlich durch und lies! Aber sie schiebt ihren Bauch vor sich her, als gehöre er gar nicht zu ihr, ihre Bewegungen sind schwerfällig und träge, vom Bett aufs Sofa und vom Sofa ins Bett, das ist ihr Tagesrhythmus. Ihr kommt es nicht mal in den Sinn, François anzurufen, der doch bestimmt auf Neuigkeiten wartet. Sie liest nicht, sie spricht nicht, sie starrt nur auf den Bildschirm, aber ich weiß nicht mal, ob sie diese die Gewalt verherrlichenden Serien wirklich anschaut oder alles an sich vorbeiziehen lässt. Sie liegt unbeweglich da, fast wie ihre Mutter, die immer noch im Koma liegt und mit Hilfe von Schläuchen ernährt wird. Und Tulù?, frage ich beunruhigt. Sie zuckt nur mit den Schultern. Hast du ihn verlassen? Er hat mich verlassen, als er von dem Kind erfahren hat, das nicht seins ist. Und deshalb hast du so schlechte Laune? Wer hat gesagt, dass ich schlechter Laune bin, Großmutter? Du kapierst gar nichts. Aber das sagt sie mit einer solchen Wut und Aggressivität, dass sie sich selbst verrät.

3. Juli

Ich bin immer noch hier und rede mit dir, du gefühlloser Kasten. Maria vegetiert apathisch dahin, Lori wird jedes Mal aggressiv, wenn ich sie anspreche. Im Krankenhaus hat mir ein freundlicher Arzt gesagt, dass sie Marias Bett brauchen und dass er sich darum kümmern wird, dass alles vorbereitet ist, wenn wir sie nach Hause holen. Heißt das, es geht ihr besser? Ich habe vor Freude fast geweint. Unverändert, war die Antwort, wir wissen nicht, wie lange ihr Zustand noch anhält, wir werden sie entlassen. So wie sie ist, im Koma? Und wer kümmert sich um sie? Das Krankenhaus hilft Ihnen bei der Ausstattung des Zimmers, ein Krankenpfleger wird jeden Tag vorbeikommen und alles tun, was man für einen Menschen im Koma tun muss, es wird eine Versorgung über eine Trachealkanüle in der Luftröhre geben, sie haben Anrecht auf eine Servicekarte, die ihnen ein *Nursing* zu Hause garantiert, sie bekommen Sauerstoff und die ganze technische Ausrüstung, Sie werden sehen, alles wird gut. Und das in diesem Medizinerjargon, der mit Absicht so kompliziert ist, damit weder der Kranke noch die Angehörigen etwas verstehen. Und wie sollen wir uns bei der Pflege verhalten?, habe ich gefragt und Panik stieg in mir auf. Das lernen Sie, meinte der Arzt und schaute mir mit einem vielsagenden, leicht ironischen Blick in die Augen. Doktor Salsa ist nicht gerade ein schöner Mann, meint Lori, er hat kein Kinn und der Mund sitzt direkt auf dem Hals. Und doch hat er etwas Anziehendes: große strahlende Augen, kräftige lange Arme, die in riesigen Händen mit gut gepflegten Fingernägeln enden. Mit diesen Händen könnte er die ganze Welt hochheben, wie Atlas, sie auf die Schultern setzen und nach Hause tragen. Eine Welt voller kranker und seit Jahren im Koma liegender Menschen. Wie lange kann die Bewusstlosigkeit dauern, gibt es eine Chance, dass Maria wieder aufwacht? Ja, es gibt eine Chance, aber wir wissen nicht, wie groß sie ist. Früher war es leicht zu erkennen, ob ein Mensch lebendig oder tot ist, heute sind die Dinge komplizierter, erklärt Doktor Salsa, früher gab es keine Maschinen, die unser Herz und unseren Körperkreislauf dennoch in Gang gehalten haben, auch wenn das Gehirn nicht mehr funktioniert hat, meine liebe Gesuina, es gab keine Beatmungsgeräte und keine künstliche Ernährung, um die Menschen am Leben zu halten, die vor gar nicht allzu langer Zeit keine Chance gehabt hätten. Deshalb ist es schwirig zu entscheiden, ob und wie lange man weiterbehandeln soll, manche nennen das „therapeutische Verbissenheit", oder den unheilbar Kranken gehen zu lassen, indem man die Beatmung oder die künstliche Ernährung einstellt. Und was würden Sie bei meiner Tochter machen, Herr Doktor? Ich weiß nicht, ich glaube, wir sollten noch abwarten und dann entscheiden. Aber wie lange? Ein paar Monate, vielleicht ein Jahr. Und wenn sie keinerlei Lebenszeichen zeigt? Ich kann nicht mehr dazu sagen: Sie als Mutter müssen entscheiden, ob die Maschinen abgestellt werden, ansonsten halten wir Maria weiter künstlich am Leben. Doktor Salsa ist nicht gerade eine große Hilfe. Er greift nach meiner Hand, drückt sie, lächelt und sagt: Es braucht viel Geduld, Gesuina, und ich weiß, dass Sie diese Geduld haben. Kümmern Sie sich liebevoll um ihre Tochter, manchmal kann die Liebe Wunder bewirken. Manchmal, entgegne ich, aber nicht immer. Er lächelt und geht, das Schlurfen der weißen Ärzteclogs ist noch eine Zeit lang zu hören.

10. Juli

Mama ist wieder zu Hause, ausgestreckt und starr liegt sie im Bett, die bleichen Hände liegen wie Schnee auf ihrer Brust, als wäre sie tot, aber sie ist nicht tot, Gott sei Dank. Jetzt haben wir sie bei uns, sie schläft, wer wird der Prinz sein, der sie wachküsst? Ein Kuss würde genügen, meint Großmutter, aber François ist in Lille und ruft immer seltener an, und wenn, dann fragt er, wie es Maria geht. Wenn wir sagen, dass sie noch immer im Koma liegt, seufzt er und legt dann kommentarlos auf. Ich glaube, er gewöhnt sich an die Vorstellung, dass er sie verlieren wird, hin und wieder erzähle ich ihm von seinem Kind, aber er reagiert barsch, als hätte er damit nichts zu tun. Es ist dein Sohn, würde ich am liebsten ins Telefon schreien, aber ich tue es nicht, entweder bekennt man sich zu seinem Kind oder nicht, seine Arroganz geht mir auf die Nerven, als könnte das Kind irgendetwas dafür, als wäre es ein Zufallsprodukt, auch wenn es ja tatsächlich so ist, es wurde aus reiner Lust gezeugt, nicht aus Liebe. Es war ein Unfall, wie man so sagt. Trotzdem drängt der Junge in die Welt, entreißt dem Tod das Feuer und klammert sich ans Leben, und deshalb will ich ihn auch Prometheus nennen. Ich werde ihn gegen alles und jeden verteidigen, eine Mutter und ihr Sohn sind eine machtvolle Einheit, sie können das Universum herausfordern, mit Zähnen und mit Klauen, aber auch mit Liebe. Sie sind eins, sie nähren sich gegenseitig, sie halten sich an der Hand und gehen sehenden Auges auf die Zukunft zu, sie wissen, dass sie düster sein wird, aber sie gehen weiter, denn die Gegenwart gehört ihnen.

22. Juli

Das Leben ist komplizierter geworden, ich musste alles über die Schläuche lernen, die einen Komapatienten mit Medikamenten und allem Überlebensnotwendigen versorgen: kleine, große, dicke, dünne, aus Plastik, Nylon oder Gummi. An jedem Schlauch ist ein Metallventil befestigt, mit dem man die Fließgeschwindigkeit der Flüssigkeit regulieren kann. Der Krankenpfleger hat mir beigebracht, wie ich den Schlauch an das unter der linken Schulter herausragende Ende der Sonde anschließen kann. Die Schläuche müssen natürlich jedes Mal gesäubert und desinfiziert werden. Für die künstliche Ernährung wird der Schlauch mit einer Flasche oder einem Beutel verbunden, der an einem Infusionsständer befestigt ist. Die Urinableitung wird durch einen Dauerkatheter gewährleistet. Marias Körper ähnelt einer Landkarte, die Schläuche sind die Flussläufe. Ein Gewirr aus flüssigen Straßen, die deinen unbeweglichen Körper durchqueren, sie halten dich am Leben, meine geliebte Tochter. Was passiert mit dem Gehirn? Das Gehirn, das die Gedanken produziert, sie versteht, beurteilt und entscheidet? Es scheint, als ob deine Gehirnwindungen eingefroren wären, die darüber entscheiden, ob ein Mensch existiert oder nicht, als wäre dein Körper wieder Jahrtausende zurückgereist, in das Eiszeitalter. Die Menschen dieser Epoche, unsere Vorfahren, haben sich instinktiv nach Süden orientiert, das war der Beginn der großen Völkerwanderungen. Und du, Maria, wann wirst du deine Reise in den Süden antreten? Hin zum Leben, zur Wärme, zur Sonne, hin zu uns, die auf dich warten, wie die Pflanzen auf das Licht. Hin zur Welt der Gefühle. Ziemlich schöngeistige und literarische Gedanken, ich weiß, aber ich wende mich in der Sprache an dich, die dir am vertrautesten ist. Wenn ich Loris flapsige, rebellische Ausdrücke verwenden würde, dann stündest du nicht nur im Nebel, du würdest in dieser stickigen Luft auch um Atem ringen.

Der Krankenpfleger kommt fast jeden Tag, es ist der Tätowierte aus dem Krankenhaus. Er heißt Angelo und wechselt sich mit einer Frau ab, Alessia, die immer Kurzarmshirts trägt, sie hat zwar keine Tattoos, aber glänzende Armreifen, die bei jeder Bewegung klimpern. Angelo ist großartig, seine Hände bewegen sich routiniert und kompetent, manchmal macht er auch Fehler, besonders, wenn er unter Zeitdruck steht. Aber diese Fehler behebt er umgehend. Ich habe den Eindruck, dass Maria regelmäßiger atmet, wenn er in der Nähe ist. Alessia ist das genaue Gegenteil. Sie bewegt sich wie in Zeitlupe, trotzdem vergisst sie zwischen zwei Arbeitsgängen des Öfteren, was als Nächstes zu tun ist. Sie muss dann wieder von vorne anfangen. Von ihr habe ich gelernt, wie man Spritzen in die Vene setzt. Es ist nicht schwer, man muss nur den Arm über dem Ellbogen abbinden, die Vene mit den Fingerkuppen fühlen, die dann anschwillt, und dann die Nadel in einem 45°-Winkel fast horizontal einführen. Wenn du die Vene sofort triffst, bist du gut, wenn nicht, gibt's Komplikationen. Sie trifft sie immer perfekt, aber sie hat mir erklärt, dass es auch Venen gibt, die zur Seite glitschen wie Aale, sobald die Nadel in die Nähe kommt, und dann ist die Injektion schwer. Venen bewegen sich?, fragte ich. Ja, natürlich, wie alles auf dieser Welt, die niemals stillsteht. Die Erde bewegt sich durch das Sonnensystem, sie bleibt niemals stehen, genau wie die Zellen in unserem Körper, die geboren werden, sich fortpflanzen und sterben, in jeder Sekunde. Ich schaue Alessia bewundernd an, sie kennt sich aus mit dem Universum des menschlichen Körpers. Wenn Angelo kommt, mache ich ihm erst einmal einen Kaffee, während er in Marias Zimmer geht und sie mit einer routinierten Bewegung auf den Bauch dreht, um zu kontrollieren, ob sie sich am Rücken wundgelegen hat. Ist das der Fall, desinfiziert er die in Mitleidenschaft gezogenen Stellen mit einem Baumwolltupfer, der mit rosa Desinfektionsmittel getränkt ist, und streicht eine weiße fettige Salbe darüber. Auf seine Veranlassung hin habe ich ein hautfreundliches Schaffell gekauft, wodurch seltener Druckstellen entstehen. Dann kontrolliert er die Schläuche, durch die die Flüssigkeiten fließen, die Ventile und die Anschlüsse. Schließlich misst er die Temperatur, den Blutdruck und den Puls, schreibt alles auf einen Zettel, trinkt rasch seinen noch heißen Kaffee und geht. Ich beobachte ihn dabei. Die Nixe und das Segelschiff sind immer da, eine beruhigende Feststellung. Ich frage mich, ob die verliebte Nixe jemals den Geliebten erreichen wird oder ihr Leben lang dazu gezwungen sein wird, dem

Schiff mit den geblähten Segeln hinterher zu schwimmen, das unaufhaltsam in Richtung Zukunft fährt, und mit ihm der Matrose ihrer Träume.

Die Pflege meiner Tochter hat alles andere in den Hintergrund gedrängt, auch meine mehr oder weniger intensiven Liebesbeziehungen, die mein Leben mit etwas Wärme erfüllt hatten. Das Schicksal hat mir einen Schlag versetzt, mir Fesseln um die Fußknöchel gelegt, es kostet viel Zeit, sich um Maria zu kümmern, und ich muss ja noch Geld verdienen, damit wir einigermaßen über die Runden kommen. Den Bäcker hatte ich schon fast vergessen, auch wenn der begnadete Küsser die ganze Zeit in seinem Laden auf mich wartet, in der Hoffnung, mich mit dem extra für mich zurückgelegten Brot zu beeindrucken. Seine unverbrüchliche Treue rührt mich. Jetzt gehe ich ab und zu wieder hin, ich kann einfach nicht widerstehen. Das ist für dich, es kostet nichts, aber komm einen Moment mit nach hinten, sagt er und zieht mich ins Nebenzimmer, dort können wir uns küssen, aber es muss schnell gehen. Der Kuss, Gesuina, ist das Salz des Lebens, flüstert er und drückt mir seine sanften Lippen auf mein Ohrläppchen, diese Lippen, die so gut nach frischem Brot und Hefe duften. Ich muss sagen, dass seine Küsse noch immer Gefühle in mir wecken, trotz der Hektik. Simone küsst leidenschaftlich und schüchtern zugleich, zärtlich und doch kraftvoll. Seine Küsse sind nüchtern und voraussehbar, aber auch verzehrend. Ich bin danach immer ein wenig verwirrt. Ich habe es eilig, Simone, ich muss gehen, meine Tochter ist allein zu Hause und ich muss mich um sie kümmern. Dieses weiche Brot ist für sie, sagt er, auch wenn er weiß, dass sie nicht isst, nicht spricht, nicht kackt, nicht sieht und kaum atmet. Ich habe es ihm erklärt, aber Simone tut jedes Mal so, als hätte er es vergessen, reicht mir das Brot und sagt leise: Für die schöne Maria! Und dann gehe ich rasch mit dem Brot unter dem Arm nach Hause. Wo ich wie immer Lori vorfinde, die kaum noch nach draußen geht, aber auf sie kann ich mich nicht verlassen.

Filippo ist im Nebel des Internets verschwunden. Er wird eine andere Frau gefunden haben, die er aus sicherer Distanz lieben und kontrollieren kann. Wir haben uns nie persönlich getroffen, auch wenn seine Nachrichten in der letzten Zeit fast schon unverschämt waren, er war ungeduldig und bedrängte mich. Wo bist du gewesen? Mit wem? Was hast du gemacht? Hast du an mich gedacht? Wie oft? Warum hast du nicht auf meine WhatsApp von 12.20 geantwortet? Filippo, ich habe zu tun, ich bin keine Hausfrau, zumindest nicht nur, ich muss Geld verdienen und setze Spritzen. Und wem gibst du diese Spritzen, nur Frauen oder auch Männern? Na ja, bei mir sind alle gleich, ich gehe überallhin, wo man mich braucht, zu Männern und zu Frauen. Das gefällt mir gar nicht, dass du entblößte Männerärsche siehst, du bist eine Schlampe, das geilt dich auf, und so weiter und so fort. Er behandelte mich, als sei ich sein Eigentum. Als ich ihn mit der Wahrheit über Maria konfrontierte, hat er sich wie eine Schnecke in ihr Haus zurückgezogen. Er hat mir ab und zu noch geschrieben, aber sehr distanziert, es tue ihm leid, und dann brach der Kontakt ab. Seine Liebe ist geschmolzen wie Schnee in der Sonne. Besser so. Ich habe im

Moment wirklich keine Zeit für solche Spielchen. Als Maria noch gesund war, kam ich mir mehr als ihre Tochter denn als ihre Mutter vor, jetzt bin ich gezwungen, der Wahrheit ins Auge zu sehen und Mutter zu sein, denn sie hängt von mir ab, ohne mich kann ihr hilfloser Körper nicht am Leben bleiben. Dornröschen, nennt sie Lori, die auf den Kuss des schönen Prinzen wartet. Aber wird dieser Prinz jemals kommen? Und wann? Und wie? Und wenn er kommt, wird er dann auch bleiben? Und wenn gar nichts passiert? Das Schlimmste ist das Warten, diese ständige Hängepartie, niemand weiß, wie es weitergeht. Wir warten. Auf ein Lächeln, ein geflüstertes Wort, ein Zucken des Augenlids, winzige, aber gleichzeitig revolutionäre Gesten. Unsere Hoffnung sinkt von Tag zu Tag, aber wer weiß, vielleicht überrascht uns das Schicksal ja doch noch. Ich schlafe wenig, vorher waren es acht, jetzt höchstens noch drei oder vier Stunden, immer mit einem Ohr bei Maria und ihrem Atem, immer bereit auf ein Lebenszeichen von ihr zu reagieren. Und ich habe schwere Träume. Letzte Nacht hat mir ein zähnefletschender Hund mit zwei Köpfen mit menschlicher Stimme von Prometheus erzählt. Ich müsste eine Expedition in die Berge organisieren, um ihn von dem Adler zu befreien. Hat euer Franzose nicht auch immer gesagt, dass Prometheus ein Held ist? Und warum lasst ihr ihn dann auf diesem Felsen leiden? Hund, du hast recht, dachte ich, aber wo ist dieser Felsen und wie komme ich da hin? Er hörte mir gar nicht zu, schüttelte seine beiden Köpfe, sein Fell sträubte sich. Und wenn er gar kein Hund, sondern ein Löwe mit zwei Köpfen war? Eine furchteinflößende Kreatur aus den finstersten

Wäldern? Ich habe seine Zähne nicht gesehen, als er mit mir gesprochen hat, aber seine schwarzen Lippen und die ernst dreinblickenden Augen.

18 Uhr

Weil Lori starke Bauchschmerzen hatte und ich fürchtete, sie könnte eine Fehlgeburt haben und ihr Kind verlieren, habe ich Doktor Amelia angerufen und sie gebeten vorbeizukommen. Lori verlässt ja das Haus nicht und Maria kann ich nicht allein lassen. Sie war schnell da und hat Lori untersucht. Sie meinte, das Baby entwickelt sich gut, ist gesund und recht groß für eine so zierliche Mutter. Sie bestand darauf, dass Lori Fleisch, Fisch und Gemüse essen müsse, nicht nur Eis, und dass sie mehr Bewegung brauchte, denn Muskeln seien wichtig zum Pressen, sonst könnte es schwierig werden, das Kind auf natürliche Weise auf die Welt zu bringen, dann bräuchte sie vielleicht einen Kaiserschnitt, aber eine natürliche Geburt sei immer besser. Beim ersten Kind funktioniere der Kaiserschnitt ohne Probleme, aber beim zweiten könnte es Probleme geben, der Bauch würde sich in ein Sieb verwandeln. Genau so hat sie es beschrieben, in ein Sieb verwandeln. Lori hörte zu und zuckte mit den Schultern. Ich habe nicht den Eindruck, dass sie die Absicht hat, sich mehr zu bewegen.

Aus lauter Verzweiflung habe ich Tulù angerufen. Auch wenn ich ihn nicht persönlich kenne, weiß ich alles über ihn. Er war freundlich, aber ernst. Lori bekommt ein Kind von einem anderen Mann, da soll sich gefälligst der darum kümmern, mit mir hat das nichts zu tun. Ich wollte Ihnen noch sagen, dass ich jetzt mit meiner neuen Freundin zusammenwohne, sie ist Deutsche und heißt Andrea, es war Liebe auf den ersten Blick. Ich habe Lori sagen müssen, dass Tulù eine neue Freundin hat, Andrea, eine deutsche Sportlehrerin, die beiden wohnen zusammen. Etwas älter als er. Wenn's ihm Spaß macht!, war ihr einziger Kommentar. Sie tat betont gleichgültig, aber getroffen hat es sie trotzdem.

25. Juli

Vorgestern waren beide Krankenpfleger hier, als ich nach Hause kam, Alessia und Angelo, und sie hatten Sex. Im Stehen. Neben Marias Bett. Sie haben sich erschreckt, weil sie die Tür nicht gehört hatten, ich mache sie immer leise auf, damit ich Dornröschen nicht störe, denn ich habe festgestellt, dass sie jedes Mal zusammenzuckt, wenn Türen zugeschlagen werden. Das bedeutet, sie kann Geräusche wahrnehmen. Dann lebt noch etwas in ihr, sage ich mir, und das macht mich glücklich, meine Müdigkeit ist wie weggeblasen.

Alessia rückte ihren Rock zurecht und wurde rot, Angelo zog sich hastig die Hose hoch. Sie wirkten etwas pikiert, fast vorwurfsvoll, als ob es ganz normal wäre, bei der Arbeit Sex zu haben. Was ist schon dabei, wenn zwei junge Leute miteinander schlafen, egal wann und wo? Ich habe ihnen keinen Vorwurf gemacht, ich habe sogar gelächelt und gesagt, dass Liebe Leben ist und vielleicht sogar helfen kann, dass unsere Komapatientin in die Realität zurückkommt. Ich war ihnen fast dankbar für das, was sie getan haben. Wo ist eigentlich Lori? Ich wunderte mich, dass sie nicht auf dem Sofa lag. Sie ist weggegangen, sagte Angelo. Wohin? Und wann kommt sie wieder, hat sie etwas gesagt? Aber die beiden wussten nichts Näheres. Ich war besorgt. Wohin könnte sie gegangen sein, sie verlässt doch nie das Haus? Ist sie doch dem Ratschlag von Doktor Amelia gefolgt und macht einen Spaziergang? Oder wirft sie sich aus lauter Verzweiflung in den Fluss? Aber ich habe trotzdem nicht die Polizei gerufen. Was hätte ich ihnen auch sagen können? Meine schwangere Enkelin hat das Haus verlassen und ich weiß nicht, wo sie ist? Sie würden mich für verrückt erklären. Ich warte noch ab.

20 Uhr
Endlich ist Lori wieder zu Hause. Ich habe sie angebrüllt: Wo bist du gewesen, ich habe mir solche Sorgen gemacht! Kümmere dich um deinen eigenen Kram, war ihre Antwort, wie immer aggressiv und unverschämt. Geht es dir nicht gut, brauchst du was? Ich blieb hartnäckig, sie schwankte und schwitzte stark. Sie war die Bewegung in der prallen Sonne nicht mehr gewöhnt, das war zu viel in ihrem Zustand. Ich war bei Tulù. Hast du mit ihm gesprochen? Nein, ich habe mit ihr gesprochen. Mit der neuen Freundin, Andrea? Und über was habt ihr gesprochen? Großmutter, das ist zu kompliziert, jedenfalls hat sie mir ins Gesicht geschlagen und ich habe sie getreten. Du bist wirklich nicht ganz bei Trost, du wusstest doch, dass er mit einer anderen zusammen ist. Warum bist du trotzdem hingegangen? Ich wollte nur sein Gesicht sehen, seine Stimme hören und ihm sagen, dass ich das Kind Prometheus nennen werde. Das ist alles? Das ist alles. Und warum hat sich diese Andrea dann so aufgeregt? Weil ich gesagt habe, das Kind könnte auch von Tulù sein, das war aber nicht ernst gemeint. Du bist ja nicht

ganz bei Trost, wo war denn Tulù? Keine Ahnung, er war nicht da, die blöde Kuh dachte, ich wolle sie erpressen. Willst du Geld für ein Kind, von dem du nicht weißt, wer der Vater ist? Was hast du sie denn gefragt? Gar nichts, ich habe ihr nur erklärt, dass ich in der Scheiße stecke und dass mir alles zu eng ist und ich kein Geld habe, mir ein passendes Kleid zu kaufen. Dann warst du dort, um zu betteln, bei einer Frau, die du nicht kennst und die dir absolut nichts schuldig ist? Aber ich wollte doch mit Tulù sprechen. Als du gemerkt hast, dass er nicht da war, hättest du gehen müssen, was hat Andrea mit all dem zu tun? Diese blöde Tussi, was glaubt die denn, wer sie ist? Für sie ist er doch nur ein Zeitvertreib, mehr nicht. Ich habe Tulù wirklich geliebt, ich kenne ihn in- und auswendig, jeden Winkel seines Körpers, seine verrückten Gedanken. Du glaubst nicht, wie sie mich behandelt hat, Großmutter, so was von oben herab, sie hat mich echt aufgeregt, das verstehst du doch, oder? Nein, das verstehe ich ganz und gar nicht, Lori, du scheinst völlig den Verstand verloren zu haben!

30. Juli

Die Hitze drückt mir aufs Hirn. Loris Bauch ähnelt einer Kirchenkuppel, sie bewegt sich wie in Zeitlupe, liegt im Bademantel auf der Couch, wäscht und kämmt sich nicht und nörgelt an allem herum. Aber immerhin isst sie wieder vernünftig und lädt sich den Teller voll, egal, was ich auf den Tisch bringe: Rührei, Kotelett, Nudeln mit Tomatensauce, gebratenen Fisch, Bratkartoffeln. Sie hat kräftig zugenommen, ihre Füße sind angeschwollen. Ich habe mich mit ihrer Gynäkologin besprochen, sie hat mich beruhigt, dem Kind gehe es gut, es wird gesund auf die Welt kommen, vielleicht müssen wir schneiden, aber das ist nicht so schlimm, sie ist nicht die Erste mit Kaiserschnitt und wird auch nicht die Letzte sein.

Ich komme mir immer einsamer vor, in dieser Wohnung mit einer im Koma liegenden Tochter und einer mit sich und der Welt unzufriedenen hochschwangeren Enkelin. Lori schreibt nicht mal mehr Tagebuch. Der Schlüssel zum Schloss des Verstecks in der Mauernische liegt in einer Kommodenschublade. Ich könnte nachsehen und lesen, aber ich halte meine Neugier im Zaum. Da wird sowieso nicht viel Neues drinstehen, in ihrem Büchlein mit den Tulpen auf dem Umschlag.

2. August

Heute Morgen hat mir Simone noch ofenwarme Olivenbrötchen geschenkt. *Für deine Maria*, hat er sagt, nachdem er mich ins Hinterzimmer gezogen hatte. Wir küssten uns, unsere Zungen kennen sich, sie liebkosen sich, unsere Lippen pressen sich mit immer neu aufwallender Leidenschaft und Sinnlichkeit aufeinander. Auch wenn in unseren Küssen eine Art Verzweiflung liegt. Er ist in einer Ehe gefangen, die nur das Ziel hat, ein Kind zu zeugen, doch es klappt einfach nicht. Ich bin in einer Wohnung eingesperrt, in der eine Frau dahinvegetiert, von der niemand weiß, ob sie jemals wieder aufwachen wird.

Ich habe darüber nachgedacht, meine Frau zu verlassen und mit dir zusammenzuleben, Gesuina. Mit mir? Ich bin verrückt nach unseren Küssen, antwortete er. Aber gerade der Nervenkitzel, sich im Hinterzimmer heimlich zu küssen, ist doch der Kick. Und vergiss nicht, dass ich für meine im Koma liegende Tochter sorgen muss, die ich nicht allein lassen kann. Um es noch mal zu sagen, Simone: Unsere Küsse schmecken deshalb so gut, weil sie geraubt sind, weil wir uns verstecken müssen, zwischen uns klappt es, weil du impotent bist und ich alt bin. Vielleicht hast du recht, Gesuina, gab er widerwillig zu, du findest immer für alles eine Erklärung, aber versprich mir, dass wir nicht aufhören, uns zu küssen, ich brauche das wie die Luft zum Atmen. Dieses Versprechen besiegelten wir mit einem besonders innigen Kuss. *Gib mir tausend und hunderttausend Küsse, / Noch ein Tausend und noch ein Hunderttausend...* Wir küssten uns in verzweifelter Ohnmacht, als gäbe es kein Morgen mehr.

18. August

Die Hitze will noch immer nicht weichen. Es hat seit Monaten nicht geregnet und die trockene Luft riecht nach verbranntem Benzin. Lori tigert halbnackt durchs Haus, knallt die Türen zu, die verschwitzten Haare kleben ihr am Kopf, die Augen sind verquollen, sie bekommt nur schlecht Luft. Wenn die Krankenpfleger kommen, bindet sie den Bademantel zu, aber meist flüchtet sie sich in ihr Zimmer und begrüßt die beiden nicht mal. Angelo, Alessia und ich sorgen dafür, dass Maria sauber und gepflegt in ihrem wohlriechenden, stets faltenfreien Bett liegt und selig schlafen kann, inzwischen wirkt ihr Gesicht entspannt, als ob sie von etwas Schönem träumen würde.

Gestern ist die fertige Ausgabe von Gustave Flauberts *Madame Bovary* in der Übersetzung von Maria Cascadei angekommen. Ich habe das Buch zu Maria ans Bett gebracht, es ihr auf die Brust gelegt und dann leise mit ihr gesprochen. Hier ist das Buch, das dir so viel Mühe gemacht hat, Maria, schau mal, wie schön es geworden ist, schau mal, eine so hübsch gemachte Ausgabe. Schau mal den Umschlag an, mit dem Bild einer Frau, die ihre Haare im Nacken zusammengefasst hat, die kleinen wohlgeformten Ohren, die lebenslustigen Augen, die rosigen vollen Lippen, das blaue Kleid, das Flaubert beschreibt, wenn er von Emma erzählt, schau nur, das sind deine Worte, um die du so mühevoll gerungen hast. Stunde um Stunde hast du an deinem Schreibtisch gesessen, der *Larousse* neben dir, der schon fast auseinanderfällt, so oft hast du ihn auf- und wieder zugeschlagen. All die Seiten, die du mit der Hand geschrieben hast, bevor du alles in den Computer getippt und an den Verlag geschickt hast, weißt du noch? Du warst so zufrieden, termingerecht fertig geworden zu sein, und als das Geld da war, bist du mit François in den Urlaub gefahren, zum ersten Mal wart ihr zwei Monate unterwegs … Aber wie konnte er zwei Monate am Stück Urlaub haben? Er hat den kompletten Jahresurlaub genommen, dazu Überstunden abgebaut und auch noch unbezahlten Urlaub genommen, hattest du erklärt. Ich habe deine Briefe aus Holland noch einmal gelesen, Maria, das mache ich immer mal wieder, du hast über Van Gogh geschrieben, weißt du noch? Von deiner Leidenschaft für die Malerei, von langen Spaziergängen entlang der Kanäle mit deinem Liebsten, von den Schiffen, auf denen ihr unterwegs wart, von den Heringen und den Tulpen. Apropos Tulpen, ich habe sie ein wenig vernachlässigt und längere Zeit nicht mehr gegossen, aber ich verspreche dir, dass ich das heute Abend nachholen werde. Weißt du eigentlich, wie schön du bist? Du bist schöner denn je, meine liebste Maria. Du hast dich in den letzten Monaten verändert, du bist blasser geworden, aber auch ausgeglichener, weniger angespannt und verkrampft. Ich hoffe, dass das kein Indiz dafür ist, dass du aufgegeben hast. Du musst kämpfen, du musst kämpfen, Maria. Deshalb warten wir auf ein Zeichen, ein Zucken der Augenlider, ein noch so leises selbstständiges Atemgeräusch. In dieser Wohnung ist die Zeit stehengeblieben, seit du wieder bei uns bist, ein verzauberter Ort, an dem sich nichts bewegt, verhext, wie Lori sagt, das Haus von Dornröschen, das auf den Prinzen wartet, der sie wachküssen wird. Du solltest dir die Theorien von Simone über das Küssen anhören, sie sind ein bisschen lächerlich, aber auch von einer süßen Faszination. Der Bäcker lebt seine Sexualität in Küssen aus, das mit dem Koitus klappt nicht, das ist für ihn eine vulgäre Sache, gewalttätig und sinnlos: Die Genitalien sind zu nahe an den Körperöffnungen, durch die wir die Exkremente abgeben, Urin, Kot, alles, was stinkt. Was hat das mit Liebe zu tun? Der Mund ist etwas anderes, der Mund schmeckt nach Kaffee, nach Zucker, nach Eis, nach Zimt, nach Wein, vielleicht nach Tabak, aber wer hat schon gerne mit Scheiße zu tun? Erinnerst du dich an das neapolitanische Volkslied:

Ma cu sti modi oje Brigida / tazza e' cafè parite / sotto tenite o zuccaro / e 'ncoppa amara site / ma i' tanto ch'aggia vutà / tanto che aggia a girà, / che o' ddoce sotta a tazza / fin'a mmocca m'ha dda arrivà.*

---

* Ihr, liebe Brigida, seid wie eine Tasse Kaffee, unten habt Ihr den Zucker und oben seid Ihr bitter, aber ich werde Euch rühren und mischen, bis die Süße vom Tassenboden in meinen Mund gelangt …

Simone hat es mir letztens vorgesungen, bevor er seine Lippen auf meinen Mund gepresst hat. Wenn ich Simones Theorien höre, muss ich lachen, aber seine Küsse schmecken nach Zucker und Zimt, genau wie in diesem Lied beschrieben, und seine Lippen sind so sanft, dass man am liebsten sagen möchte: Bitte, Simone, noch einen Kuss …

Es wäre so schön, wenn du ein Auge öffnen würdest, nur ein bisschen, oder lächeln, nur ein winziges Lächeln, um uns zu sagen, dass du noch da bist, dass du nicht für immer von uns gegangen bist. Denn dein Körper will nicht sterben, dein Herz schlägt noch immer, dein Puls ist messbar, nur deine Gedanken scheinen im Nichts verschwunden zu sein. Aber deine Haare wachsen, deine Nägel auch, das merke ich jedes Mal, wenn ich sie ganz vorsichtig mit der Nagelschere kürze, das heißt, du bist immer noch da, dein Körper will leben, Maria, er will aufstehen und sich bewegen. Warum kommst du nicht aus dem Nichts zurück und sagst uns guten Tag? Monsieur Flaubert und uns allen, Angelo und Alessia eingeschlossen, sogar Bäcker Simone, von Lori ganz zu schweigen, wir alle warten auf ein Zeichen von dir, nur ein winziges Zeichen, vielleicht ein Seufzen, und dann tanzen wir vor Freude.

14 Uhr

Als Angelo, der Pfleger mit dem Segelschiff-Tattoo auf dem muskulösen Arm, gekommen ist, hat er mich gefragt, was er mit dem Buch auf der Brust der Bettlägerigen machen sollte, genau dieses Wort hat er benutzt, er ist eben an die Krankenhaussprache gewöhnt. Er hat die Flaubert-Übersetzung auf das kleine Sofa unter dem Fenster gelegt und sich dann an Marias leblosen Körper zu schaffen gemacht. Die wundgelegenen Stellen sind verheilt, haben Sie gesehen? Seine Stimme klingt arrogant, als ob er mir zeigen wollte, dass es ohne ihn eben nicht geht. Scheinbar hat er ganz vergessen, dass ich ihn beim Sex mit Alessia erwischt habe, im Stehen, direkt neben dem Bett seiner Patientin.

Ich habe ihm nicht einmal einen Vorwurf gemacht, aber er traut dem Frieden nicht, sein schlechtes Gewissen tarnt er mit provokantem Verhalten. Diese Frau wird früher oder später aufwachen, sagt er, während er ihr die Füße massiert, die Beine beugt und streckt, um die Muskeln beweglich zu halten. Ich konzentriere mich auf das Schiff, dessen Segel sich mal mehr oder weniger aufblähen, dann auf die Nixe, die ihren Kopf mit den wallenden Haaren weit nach vorne streckt, um den Matrosen ihrer Träume ausfindig zu machen. Sie werden sich niemals berühren und ihre unerfüllte Liebe wird sie stets aufs Neue quälen.

Angelo bittet mich um ein Buch für seine Frau, die gerne liest. Signora Maria braucht sie ja nicht mehr, fügt er hinzu, korrigiert sich aber sofort, wenn sie wieder aufwacht, glaube ich nicht, dass sie wieder lesen will, mit all den schlaffen Muskeln, selbst die Augen haben Muskeln, wissen Sie? Ich nicke und er fährt ungerührt fort, erzählt von seiner Frau, die an Diabetes erkrankt ist und deshalb ihren Job verloren hat, dass er sich doppelt abplagen muss, um genug Geld nach Hause zu bringen. Er hat vier Kinder, alle noch klein, und weiß nicht, wie er sie alle satt kriegen soll. Erzählt er mir das alles, um sich zu rechtfertigen? Schon gut, schon gut, sei einfach still, würde ich ihm gerne sagen, aber ich lasse ihn weiterreden, ich weiß, dass es ihm wichtig ist. Keine Ahnung, ob ich generell ein toleranter Mensch bin oder meine Nachsicht nur Taktik ist, damit er mir gewogen bleibt, oder noch schlimmer, ob ich feige bin und die Konfrontation scheue. Aber eines ist klar: Ich will auf seine fachkundige Unterstützung nicht verzichten, die so wichtig für Maria ist. Ich habe verstanden, dass er knapp bei Kasse ist, aber ich werde ihm sagen, dass auch wir an allen Ecken und Enden sparen müssen. Ich hoffe, dass er das versteht.

24. August

Lori hat mal wieder eine Krise. Sie schließt sich in ihrem Zimmer ein, weint und hört indische Lieder von den Schallplatten, die ihr Tulù geschenkt hat. Ich müsste sie einfach am Arm packen und nach draußen ziehen, heraus aus dieser tristen und von den Göttern verfluchten Wohnung, aber ich kann Maria nicht allein lassen. Ich vertraue nicht mal den Krankenpflegern. Jedenfalls versuche ich immer zu Hause zu sein, wenn sie zur täglichen Pflege vorbeikommen.

Ich habe begonnen Maria aus *Madame Bovary* vorzulesen, in der Übersetzung, an der sie fast ein Jahr gesessen hat, aber nur wenn wir allein sind. Eine sehr sorgfältige Übersetzung, mit gefälliger Wortwahl, das fällt mir beim Vorlesen auf. Obwohl Marias Zustand unverändert ist, habe ich den Eindruck, dass manche Worte ihr Gehirn erreichen, den Nebel der Bewusstlosigkeit durchdringen.

Ich lese von Charles, der seine Schulkameraden dabei beobachtet, wie sie ihre Mützen auf die eigene Bank werfen, ohne ein einziges Mal daneben zu zielen. Er versucht es auch, verfehlt sein Ziel und seine Mütze rutscht quer durch das Klassenzimmer bis unter das Lehrerpult. Als ich das las, musste ich laut lachen. Und hatte ganz kurz den Eindruck, dass auch Maria lachte, ein kurzes Zucken ging durch ihren Körper, die Augenlider flatterten, ein kaum merkliches Erzittern des Bauches. Ich betrachtete sie mit angehaltenem Atem, aber sie lag da wie immer, starr und steif wie eine Mumie. Aber ich hatte es gesehen und wollte, dass auch Lori davon erfuhr. Maria hat mit mir gelacht, sagte ich. Vielleicht habe ich es mir nur eingebildet, aber einen Moment lang hat sie sich bewegt, da bin ich sicher. Lori lag mit zwei Kissen unter dem Kopf im Bett und las. Sie lächelte mich an. Eine Seltenheit. Sie warf mich nicht raus, sie blaffte mich nicht an, sie lächelte nur. Und wenn Mama zu uns zurückkommt?, fragte sie mit sanfter Stimme, als wäre das eine klare Sache, eine Sache von Minuten. Ich hoffe sehr, der Arzt sagt, dass es möglich, aber nicht sicher ist.

10. September

Das Kind ist da. Zu früh, aber gesund. Ich überließ Maria dem Krankenpfleger mit den tätowierten Armen und begleitete Lori ins Krankenhaus, wo die Geburt reibungsloser verlief, als gedacht. Ein Kaiserschnitt war nicht nötig. Ihre Gynäkologin Amelia kam, um die frischgebackene Mama zu beglückwünschen. Der Krankenhausarzt, Dottor De Angelis, lächelte mich breit an, während er in seinen Krankenhausclogs durch den Flur eilte. Der kleine Prometheus hat sich der Welt lautstark präsentiert und gezeigt, wie kräftig seine Lungen sind. Lori hat sich rasch von der Geburt erholt, sie sprüht vor Energie. Und schon fragt sie sich, ob sie wieder in die Schule gehen kann und was sie dann mit ihrem Stillkind macht. Die Geburt hat sie verändert, keine schlechte Laune mehr, kein Jammern, keine Wutanfälle, sie ist ausgeglichen und glücklich, dass Prometheus da ist. Sie möchte sich keinen Augenblick von ihm trennen und ist froh, dass sie genug Milch hat und das Kind jedes Mal sofort ihre Brustwarze findet und saugt.

Eine Madonna und ihr Neugeborenes, meinte Alessia, während sie Lori beobachtete, die das Krankenhaus schon wieder verlassen hatte. Alessia kam zwei Tage hintereinander, Angelo lag mit hohem Fieber im Bett und konnte nicht arbeiten. Ein seltsames Gefühl für mich, als hätten Tag und Nacht ihren Platz getauscht. Vor meinem inneren Auge sah ich das Segelboot auf Angelos linkem Arm, die Nixe mit den grünen Haaren und dem Fischschwanz auf dem rechten, unsterblich verliebt in ihren unerreichbaren Seemann. Wenn Lori stillen musste, kannte sie keine Tabus. Mit Prometheus auf dem Arm präsentierte sie voller Stolz und Selbstbewusstsein ihre pralle Brust, sogar auf dem Balkon, dass sie jeder sehen konnte. Seine Hüften waren mittlerweile so rund, dass man an eine Putte denken musste, die in barocken Kirchen um den Altar schweben. Mit Löckchen, molligen Ärmchen und zwei Libellenflügeln auf dem Rücken. Seine spärlichen Härchen waren dunkel, seine Augen waren tiefblau, fast schwarz, mit winzigen goldenen Sprenkeln.

Soll ich François anrufen und ihm sagen, dass sein Sohn auf der Welt ist?, fragte ich Lori, aber sie war dagegen. Das ist mein Sohn, er hat nichts damit zu tun. Aber er ist der Vater, insistierte ich. Hat er sich irgendwann für mich oder das Kind interessiert? Er soll in seinem Lille bleiben, ich will ihn nicht sehen. Mittlerweile hat Lori einen regelrechten Heißhunger entwickelt. Sie isst alles, was ihr zwischen die Finger kommt: Ricotta in rauen Mengen, rohen und gekochten Schinken, Koteletts, Hähnchen vom Grill, *die Crostata mit Brombeermarmelade, nach deinem Rezept, Großmutter*. Aber ich habe keine Zeit Kuchen zu backen. Meine Tage sind durchgetaktet: Einkaufen, Spritzen setzen, ich habe die Preise erhöht, vor allem bei Hausbesuchen, wenn die Patienten zu mir kommen, nehme ich weniger, da spare ich mir die

Zeit für die Metro und den Bus. Dann kochen, Flaubert vorlesen und mich um das Baby kümmern, wenn Lori den durch das Stillen unterbrochenen Nachtschlaf nachholt. Prometheus ist ein braves Kind, aber er hat immer Hunger und wenn er die Mutterbrust sucht und nicht gleich findet, schreit er wie am Spieß. Er ist unersättlich. Loris Brust ist sein Zufluchtsort, dort fühlt er sich geborgen.

25. September

Mein liebes Tagebuch,
ich habe dich im Stich gelassen, aber mir ging es so richtig beschissen, wirklich schlecht, am liebsten wäre ich gestorben, in dieser Wohnung, von der Großmutter sagt, sie sei verhext, mit Mama, die starr und wachsbleich in ihrem Bett liegt, die nie aufwacht, nicht mal wenn es so gut nach Kaffee duftet. Die Schwangerschaft war der blanke Horror, ich habe dieses Kind gehasst, das ich zur Welt bringen würde, ich hasste alles, selbst das Wetter. Erst die Kälte im Januar und Februar und dann die Hitze im Juli und August, ich habe jedes Zimmer mit meiner abgrundtiefen Wut erfüllt, am liebsten hätte ich dieses Kind ausgespuckt, nur weg, und dann Schluss. Ich wollte es aus meinen Gedanken streichen und zu einer langen Reise aufbrechen, raus aus dieser verhexten Wohnung, weg von diesem walförmigen Körper, ich war verzweifelt, mein Kopf leer. Wenn ich mehr Mut gehabt hätte, wäre ich aus dem dritten Stock gesprungen, aber selbst dazu war ich zu faul. Ich habe die Entscheidung immer wieder vor mir hergeschoben. Und das war meine Rettung. Denn mit der Geburt von Prometheus wurde alles anders, der Bann war gebrochen, sogar Mama schien leise gelacht zu

haben, sagte zumindest Großmutter. Es sei passiert, als sie ihr vorlas, wie der kleine Charles Bovary in der Schule seine Mütze auf sein Pult werfen wollte, das Ziel aber verfehlte und die Mütze auf dem Boden landete und durch das Klassenzimmer rutschte. Ich weiß nicht, ob Großmutter das nur erfunden hat, aber sie besteht darauf, gesehen zu haben, wie Maria gelacht hat. Mir kommt Mama wie immer vor, starr und steif liegt sie in ihrem Bett, sauber und duftend wie ein einbalsamierter Körper. Ich betrachte sie lange, aber ich kann nichts Neues entdecken, sie erscheint mir nur noch ein bisschen bleicher, schön wie eine Statue, sie erinnert mich an eine Heilige, die in einem Reliquiar liegt, arme Mama, was hast du getan? Warum bist du nicht einfach gegangen, wenn du nicht mehr bei uns bleiben wolltest? Großmutter ist unermüdlich, sie liest dir Seite um Seite aus *Madame Bovary* vor, in deiner schönen Übersetzung. Übrigens gab es eine Rezension, die enthusiastisch von der Übersetzerin Maria Cascadei geschwärmt hat, schade, dass du es nicht lesen kannst, du wärst glücklich, nach so viel Mühe, der arme *Larousse* wurde ganz schön strapaziert. Die Tulpen, die du aus Holland mitgebracht hast, haben alle gemeinsam geblüht, ein wunderschönes Bild, die Blütenblätter sahen aus wie Porzellan, wie du es gesagt hast, in allen Farben, strahlend gelb wie Eidotter, sogar lila, sie erinnern an Schmetterlingsflügel, die Stiele straff und aufrecht, als ob sie sagen wollten, das Leben ist schön. Seitdem mein Sohn auf der Welt ist, machen mich Tulpen glücklich und ich denke: Ja, das Leben ist schön, *life is good*, wie die Werbung im Fernsehen verspricht. Der Fernseher läuft ständig, wie alles in dieser Wohnung, nur die Augen meiner Mutter bleiben geschlossen, *life is good*, das gilt für mich und meinen Sohn Prometheus, aber auch für Großmutter, die sich von einer ehrgeizigen Schauspielerin über einen flirtenden Schmetterling zu einem großartigen Familienoberhaupt entwickelt hat, sie plant, organisiert und begegnet jedem Problem mit dem Mut einer Löwin. Sie hat an einem Fernkurs für Krankenschwestern teilgenommen und kann mittlerweile nicht nur Spritzen in den Hintern setzen, sondern auch intravenös, Dekubitus-Wunden versorgen, Blutdruck messen, Verbrennungen behandeln, alles, womit eine Heimkrankenschwester Geld verdienen kann, was auch bitter nötig ist, schließlich sind wir jetzt ein Esser mehr und Prometheus hat ständig Hunger. Und ich auch.

5. Oktober

Die Landschaft brennt. Die Wälder auf dem Hügel brennen. Die Stadt wird vom Feuer bedroht. Viele Häuser auf der Anhöhe sind schon evakuiert worden und werden bald Opfer der Flammen werden. Es heißt, es wäre Brandstiftung gewesen, aber welche geistig gesunde Person legt Feuer im Wissen, dass dadurch nicht nur Bäume, Pflanzen und Blumen zerstört werden, sondern auch große und kleine Tiere verbrennen, am lebendigen Leib, und giftiger Rauch entsteht, der auch den Menschen schadet? Dichter schwarzer Rauch kriecht durch die offenen Fenster in unsere Wohnung. Nachts sieht man das brennende Inferno am besten. Der Rauch hüllt die ganze Stadt ein, vergiftet die Luft, erstickt alles Leben.

Sie haben drei Jungs erwischt, die Benzin über eine arme Katze geschüttet, sie angezündet und dann durch das ausgetrocknete Gestrüpp gejagt hatten. So ist das Feuer entstanden, nicht mit Absicht, sondern nur „um ein bisschen Blödsinn zu machen", wie sie ausgesagt haben. Was spielt sich eigentlich im Kopf solcher Leute ab? Am liebsten würde ich jeden einzelnen am Kragen packen und den verbrannten

Wald zeigen, die drei dazu zwingen, beim Löschen zu helfen und die Kadaver der toten Tiere aus der Asche zu ziehen und dabei den Gestank einzuatmen, der die Stadt verpestet. Ob das helfen würde? Ich bezweifle es, aber ich möchte daran glauben, versuche an die Macht der Vernunft zu glauben. Lori wirkt, als sei sie durch ihr Kind selbst neu geboren. Sie schreibt wieder in ihr Tulpen-Tagebuch, ist jeden Morgen draußen, mit Prometheus auf dem Arm geht sie im Park spazieren, gleitet die Rutsche herunter, dabei hält sie ihn ganz fest, dann legt sie ihn auf die Schaukel und schubst ihn an, schneller, immer schneller. Bist du verrückt, Lori, er ist doch noch ein Baby! Aber sie lacht nur und sagt, das ist nicht irgendein Kind, sondern ein Wunder, ein kleiner Herkules. Aber im Moment müssen wir alle in der Wohnung bleiben, bei geschlossenen Fenstern, der beißende Rauch verursacht Hustenreiz, die Augen tränen. Hoffentlich erreicht das Feuer die Stadt nicht.

Trotzdem lese ich weiter aus *Madame Bovary* vor. Dann sage ich: Schau, Maria, der Wald brennt. Du musst aufwachen, wir müssen aus dieser Trauer fliehen, mach die Augen auf, komm zurück ins Leben. Aber sie scheint meine Worte nicht zu hören, nicht mal den Rauch, der uns husten lässt, nicht mal die Hitze der Flammen zu spüren, die schon bedrohlich nahe sind.

10. Dezember

Die Tage sind kürzer und die Sonne hat kaum noch Kraft. Die ersten Regenfälle haben den Waldbrand gelöscht. Viele im Viertel leiden unter einer neuen Form von Influenza, die man Ungarische Grippe nennt, da sie von dort eingeschleppt worden ist. Ich habe viel zu tun und die Preise erhöht, aber niemand hat protestiert. Schließlich sind wir jetzt zu viert und ich bin die einzige Verdienerin. Ich bin von morgens bis abends unterwegs, statt Highheels trage ich jetzt flache bequeme Schuhe. Lori meint, ich watschele wie eine Ente. Außerdem habe ich mir eine Vespa gekauft, genau wie die von Lori, um mobiler zu sein. Sie hat gelacht, eine Frau in meinem Alter auf einem solchen Gefährt, das ist ja megapeinlich. Du könntest dir einen Job suchen, irgendwas in Heimarbeit, schlage ich ihr vor. Aber ich gebe zu, dass es schwierig sein würde, mit diesem kleinen Teufel in der Nähe, der trinkt, ohne Luft zu holen, und prächtig wächst und gedeiht. Er weint nicht, er weiß genau, dass es in der Wohnung jemanden gibt, der schläft und den man nicht stören darf. Ich lege Prometheus auf den Teppich, er versucht sich alles in den Mund zu stopfen, was er greifen kann. Gestern hat er sich den Absatz von Loris Schuh in den Mund gesteckt und an ihm herumgelutscht wie an einer Lakritzstange. Ich wollte ihm den Schuh abnehmen und wäre dabei fast umgekippt, so fest hielt er seine Beute an die Brust gedrückt. Als ich mit ihm geschimpft habe, hat er sich auf den Rücken gedreht und mir seinen Bauch präsentiert, wie ein Hund, dann hat er gelacht und seine nackten Füßchen in die Luft gestreckt. Er ist ein willensstarkes Kind, aber er versteht es auch, die Leute zu bezaubern. Alle in der Nachbarschaft lieben ihn, selbst Simone, der Bäcker, ist von ihm begeistert, er hat ihn hochgehoben und zwischen zwei gerade aus dem Ofen gezogene Brote gelegt, dann hat er mich ins Hinterzimmer gezogen, um mir seine zimtduftenden Lippen auf den Mund zu drücken. Ein rascher Kuss, denn ich hatte Angst, dass Prometheus samt Broten vom Tisch fallen könnte. Aber zum Glück ist nichts passiert. Er hat geduldig gewartet.

Dann habe ich ihn und das Brot genommen und bin nach Hause gegangen, wo ich Lori eng umschlungen mit Angelo überraschte. Ich bemerkte das Spiel seiner Muskeln, das Boot auf dem linken Arm hisste die Segel, während auf dem rechten der Kopf der Nixe in die Höhe schnellte. Unbekümmert zupften die beiden ihre Klamotten zurecht und taten so, als sei nichts geschehen. Ich habe ihnen keine Vorwürfe gemacht. Erst später, als Angelo gegangen war, habe ich Lori daran erinnert, dass er verheiratet ist und vier Kinder hat und außerdem was mit Alessia laufen hat. Sie hat gelacht: Das weiß ich doch, Großmutter, das war nur ein Experiment. Ein Experiment? Ja, das Resultat unseres harmonischen Zusammenlebens. Wir sehen uns seit Monaten fast jeden Tag und er hat mir gesagt, dass ihn mein Anblick erregt, und mir geht es genau so, wenn ich seinen gebräunten Hals sehe, das Segelschiff-Tattoo auf dem Arm gefällt mir, genau wie sein Lächeln. Aber er lächelt doch gar nicht. Bei dir vielleicht nicht, bei mir schon und zwar oft.

Hast du vergessen, dass er verheiratet ist und vier kleine Kinder hat? Ich blieb hartnäckig und habe an ihr Verantwortungsgefühl appelliert. Du hast gut reden, Großmutter, wie lange triffst du dich schon mit diesem Bäcker, der ist auch verheiratet, auch wenn sie keine Kinder haben, er ist gebunden, du treibst es mit ihm, du bist eine Ehebrecherin, genau wie Emma Bovary. Und auch noch mit einem wesentlich jüngeren Mann! Dabei sieht sie mich herausfordernd an und ich muss ihr sogar recht geben: Wir beide haben was mit verheirateten Männern, allerdings mit einem wesentlichen Unterschied. Bei ihrem ist das Küssen Vorspiel zum sexuellen Akt, während meiner beim Küssen bleibt und daraus eine Lebensphilosophie macht. Denk wenigstens an deine Mutter, habe ich erwidert, an deren Zustand du nicht ganz unschuldig bist. Und im Haushalt könntest du mir auch ein bisschen helfen, ich kann mich nicht um alles kümmern! In diesem Augenblick hörten wir ein Geräusch und Lori rannte los, um nachzusehen, was passiert war. Prometheus lag am Boden, er hatte sich im Bett gedreht und war rausgefallen.

30. Dezember

Ein Wunder ist geschehen: Maria hat die Augen aufgeschlagen und mich angeschaut, ohne mich zu sehen, als ob sie fragen wollte, wo sie ist. Ich habe noch nie so strahlende Augen und gleichzeitig so trübe Pupillen gesehen. Sie hat sich umgesehen und dann schmerzhaft das Gesicht verzogen. Maria!, habe ich gerufen und bin aufgesprungen. Ich war gerade dabei, ihr ein Gedicht von Baudelaire vorzulesen: *Unter blassem lichte schwärmend, / Tanzt und stürzet ohne grund, / Sich das Leben schamlos lärmend .. / Doch sobald am himmelsrund.* Eines ihrer Lieblingsgedichte. Sofort danach hat sie die Augen wieder geschlossen und alles war wie immer. Ihre Finger trommelten ganz kurz auf dem Laken, als würde sie Klavier spielen. Lori, komm schnell, Lori, beeil dich!

Lori war noch im Schlafanzug und meinte, Großmutter, du siehst Gespenster, Mama wird nie wieder aufwachen, und wenn Prometheus drei ist, dann werden wir sie gemeinsam auf dem Friedhof vor der Stadt beerdigen. Warum sagst du sowas, Lori? Ich weiß, dass deine Mutter Stück für Stück den steilen Felsen des Wieder-zurück-Findens heraufklettert, bis ganz nach oben, sag sowas nicht, sie hört uns und versteht alles und bald wird sie sich wieder bewegen können, wie du und ich. Sie lachte. Du bist eine unverbesserliche Romantikerin, auch wenn ich dir sagen muss, dass du dich mit dem Alter immer mehr in Richtung meiner Mutter entwickelst, was Charakter, Träume und Wünsche angeht, ehrlich gesagt, hast du mir vorher besser gefallen, du wirst alt, Großmutter, aber ich will nicht, dass du mich mit einer Mutter im Koma und einem Kind wie ein Erdbeben alleine lässt. Was soll ich nur ohne dich machen?

Was wollte Lori mir damit sagen? War das ein Liebesbeweis oder ein Eingeständnis ihrer Schwäche? Richtig gearbeitet hat sie noch nie, erst hat Maria sie mit ihren Übersetzungen durchgefüttert, jetzt bin ich es mit meinen Spritzen. Ohne mich wäre sie verloren, das weiß sie ganz genau. Aber ich habe gar nicht vor, das Weite zu suchen, habe ich lächelnd geantwortet und sie hat erleichtert gelacht. Prometheus schien unser Gespräch zu gefallen, er strampelte mit den Füßen und strahlte über das ganze Gesicht.

In diesem Augenblick hörten wir ein Geräusch aus der Richtung von Marias Bett, wir drehten uns um. Ihre Augen waren geschlossen, aber auf ihren halbgeöffneten Lippen lag die Andeutung eines Lächelns, begleitet von einem gurgelnden Lachen aus ihrem Hals. Ein kleines Wunder war geschehen: Meine Maria lachte, ich kniete mich neben sie hin und küsste sie, während mir die Tränen die Wangen hinunterliefen. Lori, das Kind im Arm, stand kerzengerade daneben, außerstande irgendetwas zu sagen. Auch sie weinte und Prometheus leckte ihr die Tränen von den Wangen, wie eine Ziege. Er nimmt alles, was er angeboten bekommt, sagte ich mit feinem Spott. Dann lachten wir wieder, dieses Mal aus purem Glück.

TransferBibliothek CXLII

Die Originalausgabe ist 2017 im Verlag Rizzoli, Mailand, unter dem Titel *Tre donne* erschienen.
© 2017 Rizzoli Libri S.p.A. / Rizzoli, Milano
© 2018 Mondadori Libri S.p.A. / Rizzoli, Milano

Die Drucklegung erfolgte mit freundlicher Unterstützung durch die Abteilung für deutsche Kultur in der Südtiroler Landesregierung.

Die Verse von Charles Baudelaire sind in der Nachdichtung von Stefan George wiedergegeben und jene von Catull in der Nachdichtung von Eduard Mörike.

Umschlagmotiv: mauritius images / Ikon Images / Orlagh Murphy

Vierte Auflage 2024
© der deutschsprachigen Ausgabe
FOLIO Verlag Wien • Bozen 2019
Alle Rechte vorbehalten

Grafische Gestaltung: Dall'O & Freunde
Druckvorbereitung: Typoplus, Frangart; Lanz, Wien
Printed in Europe

ISBN 978-3-85256-771-6

www.folioverlag.com

E-Book ISBN 978-3-99037-094-0